Gary Northfield

Julius Zebra

Gerangel mit den Griechen

DER AUTOR

Gary Northfield schreibt und zeichnet Comics seit 2002, u.a. für die Zeitschrift *National Geographic Kids*. Tiere und ihr lustiges Leben zählen zu Garys Lieblingsthemen, und oft fragt er sich, was sie wohl über die Welt denken, in der sie leben. Gary lebt in Belvedere, Kent.

Von Gary Northfield sind bei cbj erschienen:

Julius Zebra – Raufen mit den Römern (Bd.1)

Julius Zebra – Boxen mit den Briten (Bd.2)

Julius Zebra – Ärger mit den Ägyptern (Bd. 3)

Julius Zebra – Gerangel mit den Griechen (Bd.4)

Für Arthur und Elsie – willkommen in einer Welt der Armleuchter, Holzköpfe und Einfaltspinsel.

Und dazu braucht ihr noch nicht einmal diese Bücher zu lesen! In Liebe – Daddy

Besonderer Dank wie immer an Lizzie und Chloe.

Entschuldigt bitte die vielen neuen grauen Haare.

Gary Northfield

JULIUS ZEBRA

Gerangel mit den Griechen

Aus dem Englischen von Friedrich Pflüger

Illustrationen von Gary Northfield

cbt

MIX
Papier | Fördert gute Waldnutzung
FSC® C014496

Penguin Random House Verlagsgruppe
FSC® N001967

3. Auflage
Erstmals als cbt Taschenbuch Juli 2021

Die Originalausgabe erschien unter dem Titel
»Julius Zebra-Grapple with the Greeks« bei Walker Books Ltd., London

cbj Kinder- und Jugendbuch Verlag
in der Penguin Random House Verlagsgruppe GmbH,
Neumarkter Straße 28, 81673 München
produktsicherheit@penguinrandomhouse.de
(Vorstehende Angaben sind zugleich
Pflichtinformationen nach GPSR.)

Übersetzung: Friedrich Pflüger
Illustrationen: © Gary Northfield
Umschlaggestaltung: init Kommunikationsdesign, Bad Oeynhausen
Unter Verwendung des Originalumschlags ©Gary Northfield
jb · Herstellung: sto
Satz: Uhl + Massopust, Aalen
Druck: GGP Media GmbH, Pößneck
ISBN 978-3-570-31419-7
Printed in Germany

www.cbj-verlag.de

Inhalt

Du glaubst, du weißt Bescheid über

JULIUS ZEBRA?

Ächz! Wie taktlos!

WAS DU ÜBER JULIUS ZEBRA ZU WISSEN GLAUBST!
Schlaues Gnu
Klaro! Ich habe alle Bücher gelesen!
Er ist ein römischer Gladiatorenchampion!
Ich bin der Besteste!
SCHEPPER!
Er hat in Britannien VOLL DURCHGEGRIFFEN!
Wetter könnte besser sein!
Er wurde sogar ÄGYPTISCHER PHARAO!
Die halten mich echt für einen Gott!
So was von lächerlich!
Hab ich aber gewusst.

Aber ich wette, du hast keinen Schimmer, was DANN passiert ist!
Nur zu! Lass hören! Bin bereit!
Julius und seine Kumpels genießen jetzt zu Hause ihre Ruhe!
So lässt sich's leben!
Keine blöden Abenteuer mehr!
Aber dann kam ein Fremder und warf Julius' Freund Milus durch die Luft!
AAAAAAAAAA!AA
Der Fremde war tatsächlich ein sehr berühmter Typ!
Ist es Kaiser Hadrian?
Kleopatra?
Bushido?
Wusste ich alles! Was gewinne ich?

Julius war nicht wie andere Zebras und wollte sich diese Frechheit nicht gefallen lassen!

Aufregend, was?

Kapitel eins

Zeit für Abenteuer

»He!«, schrie Julius den Fremden an. »Du kannst doch nicht einfach meine Freunde durch die Luft schleudern!«

»Das habe ich doch schon gesagt!«, lachte der muskelbepackte Mann. »Ich bin HERAKLES, Sohn des ZEUS, und suche nach dem Champion JULIUS ZEBRA und seinen Freunden, um ein aufregendes Abenteuer zu erleben.«

»Pass auf, Herr Arschklecks, Sohn des Zeugs.«

»Herakles!«, verbesserte ihn Herakles mürrisch.

»Sage ich doch«, entgegnete Julius. »Ich brauche keine Abenteuer mehr!«

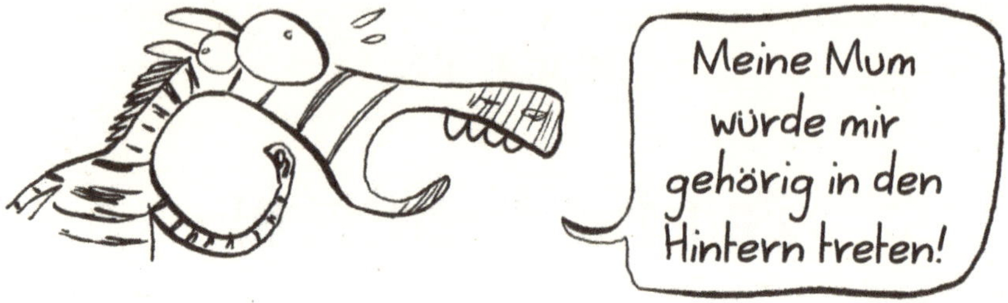

Herakles schien verblüfft und betrachtete Julius eingehend. Zuerst grinste er, aber dann lachte er von ganzem Herzen.

»DU?!«, rief er verächtlich, musterte Julius noch einmal, pikte ihn in den Bauch und befühlte seine dürren Beine.

Herakles bekam plötzlich einen Tritt ans Schienbein, drehte sich rum und sah sich einem wütenden Krokodil gegenüber.

»Nimm das zurück, du Grobian!«, fauchte Lucia. »Julius ist WIRKLICH ein Champion, also entschuldige dich GEFÄLLIGST – mir egal, WER du bist!«

»Ha ha ha!«, lachte Herakles noch einmal. »Was seid ihr doch für merkwürdige, kühne Wesen!« Er besah sich die seltsame Truppe, die da vor ihm stand. Dann packte er Felix und nahm ihn in den Schwitzkasten.

»Und DU, Antilope, bist DU vielleicht ein großer Champion?«

Herakles ließ den armen Felix auf den Boden fallen und marschierte kichernd vor den Tieren auf und ab.

»Wie euch zweifellos bekannt ist«, donnerte er, »wurde mir aufgrund meines jahrhundertealten und allumfassenden Ruhmes die Erfüllung von zwölf Heldentaten auferlegt.«

»Aber offenbar wurde ich GETÄUSCHT!«, fuhr Herakles fort. »Und eine meiner Taten wurde inzwischen RÜCKGÄNGIG gemacht!« Der Halbgott reckte trotzig die Fäuste gen Himmel. »Mein Vater Zeus, der Herrscher der Götter, fordert, dass ich diese Tat erneut vollbringe, wenn ich meinen Platz im Olymp einnehmen will.«

Er wandte sich direkt an die Tiere. »Und nun suche ich nach großen Champions, die mir bei dieser Aufgabe helfen, aber hier finde ich nur jämmerliche Tiere, die BEHAUPTEN, gefeierte Helden zu sein!«

Er stemmte seine Pranken theatralisch in die Seiten. »Ihr lasst mir leider keine Wahl. Ich befehle euch: BEWEIST mir, wie heldenhaft ihr seid!«

Cornelius hatte die Nase voll. »Wir müssen dir ÜBERHAUPT NICHTS beweisen!«, quiekte das kleine Warzenschwein und wedelte mit seinem Huf. »Und außerdem, warum sollen wir DIR glauben, dass alles stimmt, was du von dir behauptest, hä?«

Herakles schlenderte zu einem Felsblock hinüber, auf dem gerade zwei ahnungslose Gnus herumstanden. Er bückte sich und legte die Arme um den Stein.

»Wenn ihr von mir gehört habt«, erklärte Herakles, »dann wisst ihr, dass ich die SRÄRKSTE KREATUR bin, die je gelebt hat!« Dann stemmte er mit gewaltigem Gebrüll den riesigen Felsen in die Luft. Er lief dabei dunkelrot an und die Adern auf seiner Stirn sahen aus, als würden sie gleich platzen.

Die Tiere spendeten begeistert Beifall.

»Bravo!«, rief Felix. »Ich bin TOTAL überzeugt!«

Herakles machte eine kleine Verbeugung und schleuderte den Felsblock mitsamt den Gnus in Richtung See.

Julius schäumte vor Wut. »Kannst du jetzt ENDLICH damit aufhören, Tiere herumzuwerfen!?«, schrie er.

Herakles lachte und ließ seine Muskeln spielen. »Beruhige dich, Zebra. Habe ich dir nicht eben bewiesen, dass ich tatsächlich der Mächtigste der Welt bin?«

Er legte Julius seine staubige Pranke auf die Schulter. »Aber jetzt musst DU beweisen, wer du bist!«

»DAS HABEN WIR DOCH SCHON GESAGT!«, fiel ihm Cornelius ungerührt ins Wort. »Wir brauchen keine Abenteuer mehr, also ZIEH LEINE!«

»Genau!«, pflichtete Julius bei. »Was kümmert uns das alles überhaupt? Was springt denn für uns dabei heraus?«

Herakles lachte noch einmal herzhaft auf. »Was für EUCH dabei herausspringt?!«

»UNSTERBLICHKEIT?«, plapperte Julius nach. »Deine ›Unsterblichkeit‹ kann uns gestohlen bleiben, Herzchen! Jetzt mach dich vom Acker!«

Julius wandte sich an Cornelius. »Was ist ›Unsterblichkeit‹?«, flüsterte er.

»Unsterblichkeit ist, wenn man für immer und ewig am Leben bleibt«, antwortete Cornelius. »Ein bisschen wie ein Gott.«

Julius hob eine Augenbraue. »Du meinst, dann stirbt man nie?«

»Normalerweise nicht«, sagte Cornelius.

Julius rannte Herakles hinterher, der schon langsam davonschritt. »WARTE!«, rief er. »Abgemacht! Wir werden beweisen, wie heldenhaft wir sind!«

Herakles drehte sich schmunzelnd um. »Ausgezeichnet!«, rief er aus. »Schon jetzt erweist du dich als weiser, als dein Alter ahnen lässt!«

»Was macht Julius denn da?!«, rief Lucia verwundert. »Ich dachte, wir hätten dem Großmaul den Laufpass gegeben!?«

Cornelius hielt den Kopf in den Hufen. »Ja, aber jetzt wo Herakles uns allen Unsterblichkeit versprochen hat, sieht Julius das wohl anders!«

Brutus mischte sich mit ein. »Unsterblichkeit?«, schnaubte er. »Was soll man denn darunter verstehen?«

»Wie ich Julius schon sagte, lebt man dann für immer, wie ein Gott«, sagte Cornelius und hielt sich die Nüstern zu.

»He, ich dachte, deine Mum hat gesagt, du sollst diese stinkende Seetangperücke wegwerfen?!«

»Niemand trennt ein Zebra von seiner Perücke!«, erwiderte Brutus und strich liebevoll mit dem Huf darüber. »Aber vergiss das mal – du sagst, wir könnten GÖTTER sein? JETZT sprichst du eine Sprache, die ich verstehe!«

Cornelius vergrub sein Gesicht grade wieder in den Vorderhufen, als eine vertraute Gestalt herankam.

»Du LEBST!«, rief Cornelius.

»Ja«, knurrte Milus und klopfte sich Staub aus dem Fell. »Ich bin am Leben.« Er deutete auf Julius und Brutus. »Aber warum reden diese IDIOTEN mit dem Geisteskranken?«

»Wir werden alle zu GÖTTERN!«, meldete sich Felix zu Wort. »Das hat uns der Kerl eben versprochen!«

Milus ließ sich rückwärts in den Sand fallen.

Kapitel zwei

Olympischer Kuddelmuddel

Julius kauerte sich hin und setzte die Vorderhufe hinter die in den Boden geritzte Linie. Er beugte die Hinterbeine wie ein Paar gespannter Federn, bereit, sofort loszuspringen.

»AUF DIE PLÄTZE!«, rief Herakles, der an der Seite stand und einen Arm hob. »FERTIG …«

Mann! Was für ein interessanter Stein!

LOS!

»PLATZ DA!«, rief Rufus, der mit seinen langen Beinen dem Gedränge entkam und gleich die Führung übernahm.

»Das ist einfach nicht fair!«, schnaufte Cornelius und tippelte verzweifelt hinterher. »Meine Beine sind viel kürzer!«

Plötzlich spürte das Warzenschwein etwas Hartes und Schweres auf seinem Kopf und sah schockiert, dass Brutus ihn einfach als Trittbrett benutzte!

Als Brutus aber von Lucias Kopf abspringen wollte, wurde er hart am Schwanz nach hinten gerissen und landete unsanft auf dem Boden.

Während die Tiere in wilder Hatz um den See stürmten, schöpfte Julius tief Atem und stürmte mit großem Gebrüll nach vorne. Julius wollte Herakles UNBEDINGT beweisen, dass er der gefeierte und der Aufgabe würdige Champion von Rom war. Von diesen Tölpeln wollte er sich auf KEINEN Fall schlagen lassen!

JAAA!
SIEGER!

Herakles blickte mit einem enttäuschten Seufzer auf das Wirrwarr streitender Tiere, das vor seinen Füßen lag.

»Ihr könnt unmöglich die Helden sein, deren Namen im ganzen Römischen Reich gefeiert werden«, sagte er und schüttelte den Kopf.

»Nun, außer mir natürlich!«, verkündete Julius strahlend und klopfte sich den Staub ab. »Ich bin nämlich TATSÄCHLICH eine Legende!«

Herakles betrachtete Julius für einen Moment schweigend. »Du bist wahrscheinlich der LÄCHERLICHSTE von allen!«, erklärte er.

»Frechheit!«, rief Julius ärgerlich.

Julius schnappte nach Luft: »Aber ich bin doch Julius Zebra! Champion von Rom, Erretter von Britannien, Befreier der versklavten Tiere UND ehemaliger Pharao von Ägypten!«

Milus knurrte: »Wenn dein Name noch länger wird, Esel, dann muss ich dich wirklich fressen.«

Herakles, der nicht überzeugt schien, ging zum Seeufer hinunter. »Folgt mir!«, rief er.

Er streckte die Hand ins Wasser und zog einen großen, flachen, glatten Stein heraus. Er stellte sich mit dem Rücken zum See auf und schwang den Stein ein paarmal am ausgestreckten Arm hin und her. Dann drehte er sich plötzlich dreimal im Kreis und ließ den Stein los, der quer über den gesamten See flog.

Herakles drehte sich zu Julius und den anderen um. »Jetzt seid ihr dran!«, befahl er. »Wenn ihr den Baum auch trefft, dann weiß ich ganz SICHER, dass ihr würdig seid, mir bei meiner Aufgabe zu helfen!«

»Das ist doch lächerlich!«, plärrte Felix. »Das ist ja MEILENWEIT! Den treffen wir NIE UND NIMMER!«

»Das wird immer blödsinniger!«, schnaubte Brutus und verschränkte beleidigt die Arme.

»Wenn ihr ihn nicht trefft, dann habt ihr versagt, und ich selbst habe ebenfalls versagt«, erklärte Herakles. »Dann seid ihr NICHT die kühnen Abenteurer, nach denen ich suche.«

Nun trat Julius vor und ging bis ans Ufer. »Jetzt pass GUT auf!«, erklärte er.

Er stocherte kurz im trüben Wasser herum, bis er einen passenden Stein fand.

Julius stellte sich mit dem Rücken zum See und streckte den Stein genauso vor sich aus, wie es Herakles getan hatte.

Er versuchte sich zu erinnern, wie es weiterging, ruderte mit den Armen wie eine Windmühle und wirbelte dann seinen ganzen Körper im Kreis herum wie einen Kreisel. Dann wuchtete er den Stein mit lautem Stöhnen hoch in die Luft.

Und nach hinten.

Am See erhob sich schallendes Gelächter.

»Gute Arbeit, Legende!«, kicherte Milus.

Cornelius lief zu seinem Freund und tätschelte ihm den Rücken. »Hör nicht auf sie, Julius«, sagte er. »Die sollen es erst einmal besser machen! Los, Felix, warum versuchst du's nicht einmal?«

»AUF KEINEN FALL!«, schnauzte die Antilope und drückte den eben gefundenen Stein an sich. »Ich werfe Steine doch nicht weg: Ich sammle sie!!«

In dem Moment kam Rufus mit Julius' Stein heran. »Platz da!«, brummte er siegessicher. »Jetzt zeige ich euch mal, wie das geht!«

Als Rufus die Pose schon etwa zehn Sekunden hielt, wurden seine Zuschauer langsam unruhig.

»Jetzt wirf schon!«, meinte Brutus lachend. »Ich dachte, du hättest auf einem Krug gesehen, wie's geht?«

Rufus lief vor Verlegenheit rot an und begann zu schwitzen. »Ja, äh, wie's weitergeht, hat der nicht gezeigt.«

»Aber du hast doch gerade gesehen, wie es Herakles gemacht hat!«, erklärte Lucia. »Mach's einfach wie er!«

Herakles vergrub das Gesicht in den Händen. »Wir sind verloren«, stöhnte er. »Hoffnungslos …«

»Her mit dem Stein«, knurrte Milus und riss ihn Rufus aus den Hufen. Der Löwe mit der zotteligen Mähne ließ den flachen Stein in die Luft schnellen und fing ihn hinter dem Rücken geschickt mit der anderen Pfote wieder auf.

Milus hielt die freie Pfote hoch, um die Augen vor der Sonne zu schützen, und nahm den Baum genau ins Visier. Dann nahm er für zwei Sekunden genau dieselbe Haltung wie Herakles ein, drehte sich rasch dreimal im Kreis und schleuderte den Stein in hohem Bogen hinüber in Richtung Baum.

Herakles schlug dem Löwen kräftig auf die Schulter und zerzauste ihm die Mähne. »Stimmt, Löwe, das war WIRKLICH beeindruckend«, räumte er ein. »Ein heldenhafter Versuch!«

Milus war sauer wegen der verstrubbelten Mähne und wollte sich schon auf den stattlichen Griechen stürzen, aber Rufus und Lucia hielten ihn zurück.

»Vorsicht, Milus!«, warnte ihn Cornelius. »Der Herakles aus den Legenden hat viele Löwen besiegt!«

Milus wollte allerdings nichts davon hören.

»Wenn er so kühn und berühmt ist«, meinte er abfällig, »warum ist er dann so scharf darauf, uns Idioten anzuwerben?«

Herakles baute sich vor Milus auf und warf allein durch seine Größe einen mächtigen Schatten auf den struppigen Löwen. »Wer sagt denn, dass ich dich anwerben werde?«, schnauzte er. »KEINER von euch hat bis jetzt meine Prüfungen bestanden!«

Er beugte sich ganz dicht vor Milus' Gesicht. »Du warst nah dran, Löwe, aber GETROFFEN hast du NICHT!«

In diesem Moment platschte Cornelius im Wasser herum und zog einen großen, flachen Stein heraus. »Jetzt machen wir diesem Unsinn ein für alle Mal ein Ende!«, quiekte er.

Herakles musste von Herzen lachen. »Und ausgerechnet DU, kleines Schweinchen, willst treffen?«

Cornelius ließ sich nicht aus der Ruhe bringen und stellte sich am Ufer auf. Er nahm allerdings eine ganz andere Pose ein als die von Herakles oder den römischen Krügen.

Cornelius hielt den Stein fest unter seinem Bauch und schlenzte ihn dann so über den See, dass er in vielen Sätzen bis auf die andere Seite hinüberhüpfte und mit einem leisen »Plonk« den Baum traf.

Herakles hob Cornelius in die Höhe und alle jubelten noch einmal.

»Da, wo ihr hingeht, werdet ihr euer Köpfchen mindestens ebenso brauchen wie eure Kraft!«, lachte Herakles.

Während alle den Triumph feierten, bemerkte Julius, wie sein Bruder am Seeufer herumpatschte.

»Brutus, was tust du da?«, fragte Julius.

»ICH war ja noch gar nicht dran!«, rief Brutus und ruderte mit den Armen im Wasser herum. »Ich will auch unsterblich werden!«

Er hielt einen riesigen Stein in die Höhe.

»Der passt!«, erklärte er. »HE, IHR DA! SEHT ALLE HER!

Brutus stand am Ufer und hielt seinen extrem schweren Stein in die Höhe.

Cornelius versuchte ihn aufzuhalten. »Brutus!«, rief er. »Der Stein hat die völlig falsche Form!«

Aber es half nichts. Brutus streckte vor Anstrengung die Zunge heraus. Dann begann er sich mit dem Stein in den ausgestreckten Hufen schnell um die eigene Achse zu drehen.

Mit einem lauten, ächzenden »UFFF!« schleuderte Brutus seinen Stein hoch in die Luft, aber weil er so groß und schwer war, blieb er nicht lange oben. Mit einem lauten PLUMPS tauchte er ins Wasser.

Dort sprang sofort mit mächtigem GEBRÜLL ein Nilpferd in die Höhe und hielt sich den schmerzenden Kopf.

»Oh, gute Arbeit, Brutus!«, seufzte Julius.

»WEG HIER!«, schrie Brutus, und alle flohen in wilder Hatz vor dem wütenden Nilpferd.

»JETZT bin ich beeindruckt!«, lachte Herakles. »Weglaufen könnt ihr alle ziemlich gut, und das wird bei meinem Abenteuer OFT nötig sein!«

He!
Siehst du?
Wir haben ihn doch beeindruckt!

Kapitel drei

Tiersuche

Der Hafen von Leptis Magna, wo Herakles' Schiff vor Anker lag, war mehrere Stunden entfernt. Glücklicherweise hatte Herakles Pferde und Wagen dabei.

Während Herakles in Richtung Hafen fuhr, konnte man die Tiere leise nörgeln hören.

Cornelius rückte ganz nah an Julius heran, damit ihn die anderen nicht hörten. »Julius!«, flüsterte er. »Warum in aller Welt tun wir das eigentlich?«

»Um unsterblich zu werden!«, antwortete Julius genauso leise. »Du hast doch gehört, was er gesagt hat.«

»Ja, ich weiß, aber warum ausgerechnet wir?«

»Weil wir CHAMPIONS sind!«

»Psst!«, zischte Cornelius ängstlich und wedelte mit dem Huf. »Nicht so laut!«

»Cornelius möchte gern wissen, warum wir uns auf solch ein aufregendes Abenteuer einlassen!«, flüsterte Julius.

»Ich dachte, damit wir alle unsterblich werden?«, antwortete Felix.

»Das habe ich ihm auch gesagt!«, sagte Julius.

»Willst du denn nicht unsterblich werden, Cornelius?«, fragte Felix besorgt. »Das wäre doch super! Stell dir mal vor: Dann könnte ich jeden Stein sammeln, der je erfunden worden ist!«

»Stellt euch all die Geburtstage vor!«, sagte Lucia begeistert.

»Und den ganzen Kuchen!«, fügte Felix an.

Alle nickten zustimmend.

»Und wenn jemand fragt, wie alt du bist«, sagte Julius aufgeregt, »dann könntest du antworten: ›Ich bin eine Million zweitausenddreihundertzweiunddreißig.‹!«

Cornelius winkte alle zusammen und behielt Herakles im Auge, der vorn saß und den Wagen lenkte. »Das ist es nicht, was mir Sorgen macht«, flüsterte er.

»Mir macht Sorgen, dass er will, dass WIR diese Aufgabe erledigen, anstatt es einfach selber zu tun.«

»Wie meinst du das?«, fragte Julius verwirrt.

»Nun ...«, sagte Cornelius. »Die ganze Zeit redet er davon, dass wir ihm bei dieser ›unvollendeten Aufgabe‹ helfen sollen!«

»Na und?« Julius zuckte mit den Achseln. »Er braucht eben ein bisschen Unterstützung. Keine große Sache!«

»Aber genau das ist es ja!«, erwiderte Cornelius ernst. »Es IST eine große Sache.« Er sah sich zu Herakles um, der noch immer unbedarft vor sich hin pfiff.

»Ich weiß alles über seine ›legendären‹ Taten. Sie wurden Herakles als STRAFE aufgetragen und nur er selbst sollte sie vollbringen.«

»Wenn Zeus dahinterkommt, dass Herakles uns Idioten zum Helfen überredet hat«, flüsterte Cornelius, »dann wird er ihm und uns vermutlich nicht so wohlgesonnen sein und sich alle möglichen Strafen ausdenken!«

»Ach, mach dir keine Gedanken!«, meinte Julius. »Herakles ist doch berühmt und würde sich bestimmt nicht so hinterhältig verhalten.«

»Glaubst du?«, antwortete Cornelius nicht ganz überzeugt. »Wissen wir denn überhaupt, was das für eine Aufgabe ist? Der Großteil seiner anderen Prüfungen beinhaltete Kämpfe mit UNGEHEUERN!«

»Ich bin ganz Cornelius' Meinung«, knurrte Milus. »Ich würde ihm nicht mal so weit trauen, wie ich ihn werfen könnte.«

»Na, dann muss er dir ja echt vertrauen!«, kicherte Brutus. »Immerhin hat er dich MEILENWEIT geworfen!«

Herakles drehte sich um. »Was ist denn mit euch los?«, fragte er die nervös dreinblickenden Tiere. »Habt ihr Gespenster gesehen?«

Cornelius wollte gerade antworten, aber Julius schaltete sich rasch ein. »Äh, wir haben uns nur gefragt«, sagte er, »ob wir bei dieser Aufgabe mit Ungeheuern kämpfen müssen?«

Herakles lachte laut auf. »Nein, Ungeheuer gibt es da keine«, kicherte er. »Ihr werdet mir dabei helfen, einen APFEL zu finden!«

»Einen APFEL!?«, rief Julius. »Das ist alles?«

Julius wandte sich an alle im Wagen. »Seht ihr?«, rief er. »Kinderleicht!«

»Ja, aber keinen NORMALEN Apfel!«, lachte Herakles.

»EINEN GOLDENEN APFEL?!«, schrien alle erschrocken.

»Wo könnte man SO EINEN denn finden?«, rief Felix.

»Genau dafür brauche ich eure Hilfe!«, antwortete Herakles. »Meinen ursprünglichen Apfel hat meine wichtigtuerische Schwester Athene für zu heilig erachtet und ihn in das ferne Land zurückgebracht, von wo er stammt.«

Herakles blickte in die Ferne und schien sich an die Aufgabe zu erinnern. »Dieser wertvolle Gegenstand war schwer zu bekommen und ich war nicht willens, es noch einmal zu versuchen. Aber vor nicht einmal zwei Wochen sprach ich mit einem Abenteurer, der weit herumgekommen ist und von einem goldenen Apfel gehört hat, der einem Krieger beim Weg durch ein Labyrinth aus der Tasche gerutscht sein soll.«

»Ja, genau!«, erwiderte Herakles. »Ein RIESIGER Irrgarten, der viel zu groß ist, als dass man ihn alleine absuchen könnte – und genau da kommt ihr ins Spiel!«

Herakles zog unvermittelt die Zügel an und brachte die Pferde zum Stehen. Er blickte nachdenklich auf die Tiere. »Aber eines müsst ihr mir versprechen«, sagte er und winkte sie heran. »Ihr dürft niemandem von unserer Suche erzählen!«, flüsterte er.

»Und warum nicht?«, fragte Cornelius argwöhnisch.

»Ich will nicht, dass meine lästige Schwester davon erfährt und mich bei Zeus verrät… ich meine, mir die Überraschung verdirbt«, erklärte Herakles. »Zeus liebt Überraschungen, und deshalb möchte ich ihm den Apfel höchstpersönlich überreichen!«

»Oh, ich liebe Überraschungen!« Lucia klatschte in die Krallen.

»Ja, und Zeus auch«, sagte Herakles. »Also behaltet es für euch. NIEMAND darf wissen, was wir vorhaben!« Er ließ die Zügel schnalzen und die Pferde zogen den Wagen wieder an.

»Oh ja«, brummte Cornelius. »Abgesehen von der Tatsache, dass in JEDEM Labyrinth Ungeheuer sind und wir es NOCH DAZU heimlich tun müssen, gibt es ÜBERHAUPT KEINEN Grund zur Sorge!«

»Herakles hat doch DEUTLICH gesagt, dass da keine Ungeheuer sind, also gib jetzt Ruhe!«, sagte Julius. »Das ist doch unsere Chance, zu UNSTERBLICHEN HELDEN zu werden, genau wie Herakles! Dann werden wir NOCH berühmter! Die Leute werden Lieder über uns singen!«

»Wird es dann auch Bilder von uns auf Krügen geben?«, fragte Felix aufgeregt.

»Ziemlich sicher!«, antwortete Julius.

»Oh wow!«, sagte Felix. »Ich wollte schon immer mein Gesicht auf einem Krug sehen!«

Kapitel vier

Treue-scheu

Bevor sie lossegelten, versammelte Herakles die ganze Mannschaft.

»Liebe Freunde, gleich werden wir zu einem aufregenden Abenteuer aufbrechen. Aber ich muss euch warnen, wie bei allen Abenteuern können uns auf dem Weg große Gefahren begegnen …«

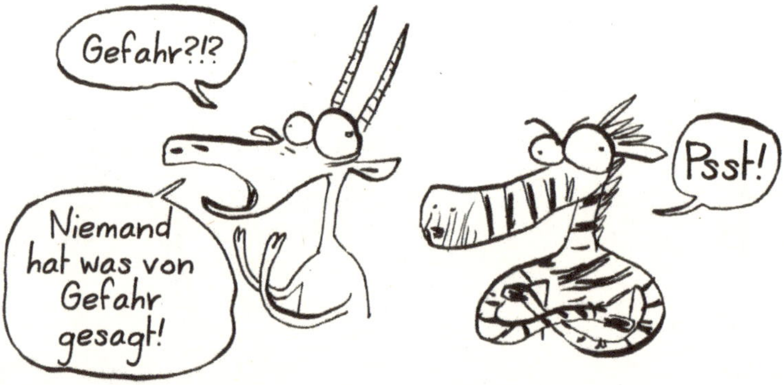

»Nach langer Suche in vielen Ländern«, fuhr Herakles fort, »habe ich EUCH gefunden, Helden des Römischen Reiches. Ihr seid der von Zeus persönlich gestellten Aufgabe und der Gefahren, die uns begegnen mögen, mehr als würdig!«

Er schlug sich mit der Faust auf die Brust. »Ich, Herakles, Sohn des Zeus, fordere euch, meine neu gewonnenen Abenteurer, dazu auf, mir und der uns gestellten Aufgabe eure Treue zu geloben.«

»Wir schwören!«, schrie Julius begeistert.

»Wir schwören?«, fragte Cornelius. »Von einem Schwur war doch überhaupt nicht die Rede!«, beschwerte er sich.

»Wer zu mir steht«, sagte Herakles, »der hebe die Faust an die Brust und schwöre!«

»Ich habe keine Faust«, sagte Brutus. »Geht das auch mit einem Huf?«

»Ja, natürlich.«

»Und mit Klauen?«, fragte Lucia.

»Ja doch!«, antwortete Herakles ungeduldig. »Mit Hufen, Klauen, Schweinsfüßen, was auch immer.«

»Und wenn man nicht schwören will?«, knurrte Milus.

»Dann darfst du natürlich gehen. Der Weg nach Hause ist jetzt allerdings ziemlich weit.«

»Komm schon, Milus!«, drängte Julius. »Ein Abenteuer ist nicht dasselbe ohne dein fröhliches Gesicht!«

»Das stimmt«, murmelte Felix. »Nichts hält einen so in Schwung wie ein Löwe, der tagaus, tagein neben einem sitzt!«

Milus blickte Felix kurz an und wandte sich dann an Julius. »Also schön, ich mache mit«, sagte er. »Wenigstens kann ich sicher sein, nie hungern zu müssen.« Er grinste Felix an.

Herakles wurde langsam ungeduldig. »Dann sind wir uns also einig?« Alle nickten. »Dann legt eure Faust – 'tschuldigung, Huf, Klaue, Schweinsfuß oder Pfote – an die Brust und schwört mir eure Treue!«

Cornelius hob seinen Huf und räusperte sich.

»Ja, Warzenschwein«, sagte Herakles. »Du hast eine Frage?«

»Ja, danke«, quiekte Cornelius. »Wir haben dir und Zeus' Aufgabe Treue geschworen, aber was geschieht, wenn wir sie NICHT erfüllen? Kriegen wir dann Schwierigkeiten mit Zeus?«

»Nun«, meinte Herakles und blickte für einen Moment sehr ernst drein. »Wenn wir den goldenen Apfel NICHT finden, wird Zeus uns in den Hades verbannen!« Dann klatschte er begeistert in die Hände. »Also sollten wir zusehen, dass das nicht passiert, oder?« Er sprang fröhlich hinüber zu den Tauen und machte das Schiff vom Kai los.

Julius zuckte mit den Achseln. »Deswegen brauchen wir uns bestimmt keine Sorgen zu machen!«

»KEINE SORGEN MACHEN?!«, quiekte Cornelius.

»Du weißt schon, was der HADES ist, oder?«

Julius blickte ihn ausdruckslos an. »Diese seltsame Gegend nördlich vom Hadrianswall?«

Cornelius ging beinahe in die Luft. »NEIN, JULIUS! DAS IST NICHTS ANDERES ALS DIE HÖLLE! DORT KOMMT MAN HIN, WENN MAN TOT IST!«

»Sind denn hier alle ÜBERGESCHNAPPT?«, kreischte Cornelius.

»Willst du wirklich eine Antwort hören?«, erwiderte Milus trocken.

Julius versuchte, seinen kleinen Freund zu beruhigen. »Ganz ruhig, Cornelius, du wirst gerade ein bisschen ausfällig!«

»NATÜRLICH werde ich ausfällig!«, schnaubte Cornelius.

»Wenn wir diesen dummen Apfel nicht finden, landen wir in der HÖLLE!«

»Wenn das so schlimm ist«, warf Brutus ein, weil er helfen wollte, »warum sagen wir Herakles dann nicht einfach, dass wir bei der Suche doch nicht mitmachen wollen?«

»Weil ihr meinem Vorhaben eben die Treue geschworen habt«, unterbrach ihn Herakles, der sich den Zank schweigend angehört hatte.

Cornelius wandte sich zum griechischen Halbgott um. »Du Schuft!«, schimpfte er. »Warum hast du uns nicht vom Hades erzählt, bevor wir Treue geschworen haben?«

»Aber keine Panik, kleines Warzenschwein«, meinte Herakles lächelnd. »Nur wenige werden in den Hades verbannt, und manche sind sogar schon gerettet worden!«

»Nur manche?«, erwiderte Cornelius.

»Jetzt kommt schon!«, drängte Herakles. »Stechen wir endlich in See!« Mit äußerster Anstrengung zog er den Anker hoch und wies Rufus und Lucia an, das Segel zu setzen. Mit Milus und Felix am Ruder glitt das Schiff schließlich langsam aus dem Hafen hinaus aufs offene Meer.

Herakles stand theatralisch am Bug, eine Hand an der Hüfte, die andere beschirmte seine Augen.

»Kurs Nordost!«, befahl er.

Behände sprang er wieder herunter. »In drei Tagen sind wir dort und werden unsere Aufgabe rasch vollenden!«

Er rieb Cornelius den struppigen Kopf. »Also Schluss jetzt mit diesen Versagensängsten!«

»Großartig«, schnaubte Cornelius und strich seine Borsten wieder glatt.

»Kreta. Diese Reise wird ja immer besser. GENAU dort haben sie nämlich ein Labyrinth mit einem Ungeheuer.«

»Aber Cornelius«, sagte Julius. »Fang doch endlich mal an, ihm zu vertrauen. Wenn Herakles sagt, dass es da keine Ungeheuer gibt, dann SIND da auch keine!«

»Der gute Herakles hier ist aber auch so eine Legende«, erwiderte Cornelius und wies mit dem Huf auf ihren neuen Gefährten. »Aber da steht er, in voller Lebensgröße!«

»Hör mal«, sagte Julius, der von Cornelius' Gemaule langsam genug hatte. »Wenn wir TATSÄCHLICH auf Ungeheuer stoßen, werde ich mich als Erster auf sie stürzen – versprochen! Du musst nicht mal in die Nähe gehen!«

In diesem Augenblick sah Cornelius zufällig etwas, das sich neben Julius' Huf bewegte.

»Pass auf, Julius!«, rief er. »Tritt nicht auf die Krabbe da!«

Cornelius hob die erschrockene Krabbe auf und ließ sie ins Meer fallen. »Das ist also mein mutiger Beschützer!«

Julius hatte einen roten Kopf, zuckte aber mit den Schultern, als wäre nichts geschehen. »Na ja«, murmelte er. »Krabben sind etwas anderes.«

Kapitel fünf

Heavy Metal

Das kleine Handelsschiff fuhr ruhig über die klare, glatte Oberfläche des wunderschönen tiefblauen Mittelmeers. Julius und Cornelius standen an Deck und blickten zum Horizont, während ihnen eine sanfte Brise um die Schnauzen wehte.

Julius klopfte seinem alten Kumpel auf die Schulter. »Ich weiß, dass du nicht scharf auf die Reise bist, Cornelius, aber ich habe bei diesem Abenteuer ein gutes Gefühl!«

»Und warum?«, fragte Cornelius skeptisch.

»Nun, ich finde, wir haben diesmal mehr Kontrolle über unser Schicksal, findest du nicht?«

»Eigentlich nicht.« Cornelius zuckte mutlos mit den Achseln.

»Ach, komm schon!«, protestierte Julius. »Bei allen anderen Abenteuern wurden wir regelrecht in Gefahr GESTÜRZT! Erst von den Römern entführt und ins Kolosseum geworfen, dann von Kaiser Hadrian nach Britannien verfrachtet und zu guter Letzt noch schiffbrüchig in Ägypten!«

Julius blickte hinaus auf die ruhige See. »Ich glaube, bei diesem Abenteuer werden wir ganz groß rauskommen. Weil diesmal WIR das Sagen haben!«

Cornelius seufzte wenig überzeugt und blickte hinauf zu den Möwen, die über dem Schiff kreischend ihre Kreise zogen.

Cornelius brachte den Satz nicht zu Ende. Er reckte sich auf die Hufspitzen und kniff angestrengt die Augen zusammen.

»He, was ist denn das da oben bei den Möwen?«

Julius blickte auch hinauf. »Was denn? Dieses große runde Ding? Komisch. Irre ich mich, oder wird das wirklich immer größer?«

Cornelius packte Julius am Arm und zog ihn weg vom Bug des Schiffes.

»ES STIMMT! UND ES KOMMT AUF UNS ZU!«, kreischte er. »LAUF, JULIUS!!!«

KRACH!

»WAS WAR DENN DAS???«, schrie Julius, der sich hilflos außen an der Reling festklammerte. Cornelius lag mit dem Gesicht nach unten und geschlossenen Augen auf dem Deck.

»DER HIMMEL FÄLLT UNS AUF DEN KOPF!«, quiekte das kleine Warzenschwein. »WIR SIND VERLOREN! VERLOREN!!«

Plötzlich kam der nächste gewaltige Brocken herangeflogen und warf einen riesigen Schatten auf das Schiff.

»PASST AUF!«, schrie Julius und kletterte hastig wieder an Deck. »DA KOMMT NOCH EINER!!«

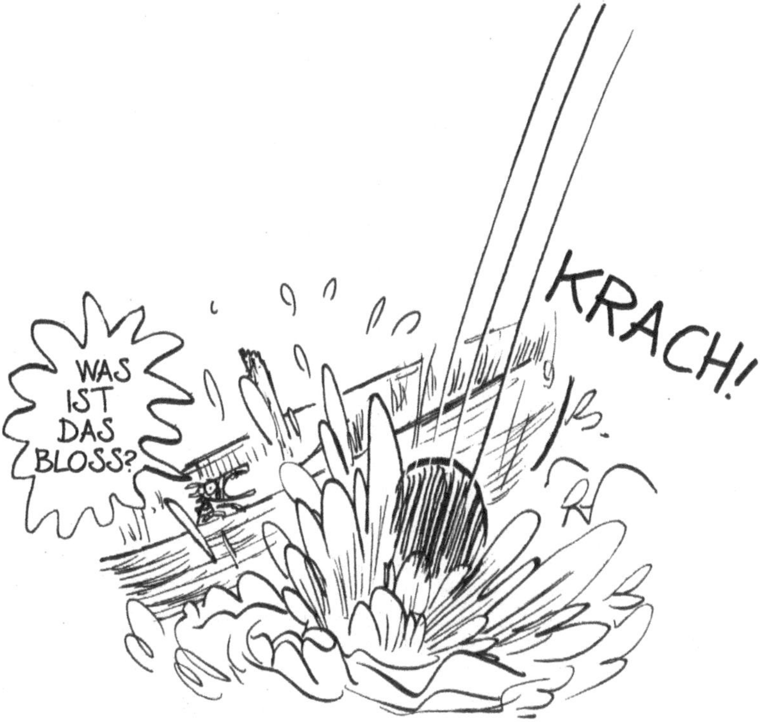

Das Schiff tanzte und schaukelte heftig auf den Wellen. Rufus reckte den langen Hals noch länger und spähte in die Richtung, aus der die Felsblöcke geflogen kamen.

»AU BACKE!«, rief er und rieb sich ungläubig die Augen. »Das ist nicht der Himmel, der einstürzt! Schaut doch!« Er deutete auf einen gewaltigen Umriss am Horizont.

»ES IST EIN RIESIGER KERL, DER STEINE AUF UNS WIRFT!!«

Vorsicht, gleich wirft er den nächsten!

»DER NÄCHSTE FELSBROCKEN WIRD UNS GANZ BESTIMMT TREFFEN!«, schrie Felix, der sich verzweifelt am Mast festklammerte. »WIR MÜSSEN ETWAS TUN!«

»SAGTEST DU, EIN RIESIGER MANN?«, rief Herakles Rufus zu.

»JA!«, antwortete Rufus. »Und so wie er in der Sonne schimmert, würde ich sagen, er ist aus METALL!«

»WAS?«, rief Julius aus. »WEISST du etwa, wer das ist?!«

»Ja«, antwortete Herakles. »Er ist der Wächter von Kreta und schützt die Insel vor Piraten und Eindringlingen. Ich hatte gehofft, er würde uns nicht bemerken!«

»Ooh!«, säuselte Lucia. »Dann sind wir jetzt Piraten? Wie aufregend!«

»ABER WAS KÖNNEN WIR DENN GEGEN EINE RIESIGE STATUE AUS METALL TUN?!«, schrie Julius, der sich auf dem schwankenden Deck kaum aufrecht halten konnte.

In diesem Moment hob Cornelius den Kopf von den Vorderhufen.

Das kleine Warzenschwein sprang auf und galoppierte zum Bug, um selbst einen Blick auf den Koloss zu werfen. »Dann müssen wir ihn NASS machen!«, erklärte er.

»NASS?!«, schnaubte Julius. »WAS FASELST DU DA FÜR EINEN BLÖDSINN?«

»Er ist ein großer Mann aus Metall. Wenn er nass wird, rostet er und kann sich nicht mehr bewegen.«

Julius sah ihn verblüfft an. »Aber wie sollen wir ihn nass machen? Um es regnen zu lassen, bräuchten wir ja magische Kräfte oder so etwas.«

Alle starrten Julius an.

»Was denn?«, fragte er wütend. »Warum seht ihr mich alle an?«

»Nun ja«, meldete sich Felix zu Wort. »EINER von uns kann es tatsächlich regnen lassen…«

Julius stürmte zum Heck des Schiffs. »WIE OFT MUSS ICH DAS NOCH SAGEN?«, tobte er. »ICH HABE KEINE MAGISCHEN KRÄFTE!!«

Lucia lief hinter ihm her. »Komm schon, Julius«, sagte sie. »Was kann es schon schaden?«

Julius schniefte, blickte aufs Meer hinaus und tat, als hätte er sie nicht gehört.

»Stell dir vor, es würde klappen!«, fuhr sie fort. »Dann wärst du ein Held!« Sie tätschelte ihm den Rücken. »Und wenn nicht? Nun, dann hast du es wenigstens versucht.«

Lucia starrte die andern an. »Würdet ihr Julius für einen Deppen halten, wenn es nicht klappt?«

Herakles kam herüber und legte den Arm um Julius. »Wenn du das schaffst, dann ist das dein erster Schritt zum Ruhm!«

Julius drehte sich langsam herum. »Glaubst du wirklich?«, fragte er ehrfürchtig.

»KLAR!«, donnerte Herakles. »Es gibt nicht viele auf der Welt, die Talos aufhalten können, aber ich spüre, dass du einer von ihnen bist!«

Julius blickte seine Freunde an. »Und ihr werdet mich ganz bestimmt nicht für einen Idioten halten?«

»Auf keinen Fall!«, schrien sie alle.

»GROSSARTIG!«, rief er beglückt und schlug begeistert die Hufe zusammen.

Rufus zeigte auf die riesige Gestalt, die offenbar neben einem Hafen stand. »Einfach über dem Kerl dort drüben, bitte schön!«

»Ist gebongt!«, antwortete Julius und begab sich sofort sehr theatralisch in Trance.

Alle blickten erwartungsvoll zum Himmel hinauf, ob sich dort etwas rührte.

Nichts geschah.

Julius ließ die Arme fallen und sank verzweifelt auf die Deckplanken. »Ich wusste es«, stöhnte er. »Ich habe euch doch GESAGT, dass ich keine magischen Kräfte besitze.«

Als aber seine Freunde herankamen, um ihn zu trösten, sah Cornelius hinauf und entdeckte wieder einen dunklen Schatten am Himmel. »Vorsicht!«, klagte er. »Noch ein Felsbrocken!«

Alle suchten Schutz und rechneten mit dem Schlimmsten.

Aber es kam kein Felsbrocken.

Cornelius blickte noch einmal hinauf und sah, dass sich über der nahen Insel dunkle Wolken auftürmten.

Dann donnerte es laut und der Himmel öffnete seine Schleusen zu einem Wolkenbruch.

In der Ferne hörte man lautes Knirschen.

»Das Geräusch, das kommt von Talos!«, schrie Rufus. »Ich glaube, er rostet schon fest!«

Der Metallkoloss am Horizont schwankte bedenklich, als seine Gelenke durch den Regen zu rosten begannen.

»Wirklich erstaunlich!«, rief Julius. »Wie er verzweifelt mit den Armen rudert!«

»Ha, ha!«, lachte Cornelius. »Er ist wirklich in Schwierigkeiten.« Dann sah er genauer hin. »He, das stimmt ja gar nicht!«, quiekte er. »Er schleudert den nächsten Stein! VORSICHT!!«

RUMMS!

»So viel zum Thema festrosten!«, rief Julius und klammerte sich an einem Teil des Wracks fest.

Neben ihm schaukelte Rufus, der sich ebenfalls an einer Planke festhielt, um nicht unterzugehen. »Jetzt sieht es allerdings so aus«, sagte er in Richtung des Riesen, »als ob er tatsächlich festgerostet ist! Gute Arbeit!«

»Na großartig!«, antwortete Julius ärgerlich. »Hab ich ja toll hingekriegt.«

Julius stieß sich mit den Hinterbeinen vom Schiffswrack ab. »Ich will gar nicht herausfinden, wie wütend Delfine werden können. Auf geht's!« Und er platschte los in Richtung Hafen.

Während alle Julius nachschwammen, sah Cornelius,

dass Herakles in die entgegengesetzte Richtung paddelte.

»JULIUS!«, schrie Cornelius. »HERAKLES SCHWIMMT IN DIE FALSCHE RICHTUNG!«

Julius blickte sich um und sah, dass Herakles schon fast in der Ferne verschwand.

Herakles rief etwas und winkte mit dem Arm.

»LAUTER!«, rief Julius. »ICH KANN DICH NICHT VERSTEHEN!«

»Ich glaube, er will woanders nach dem Apfel suchen«, sagte Cornelius, der ebenfalls die Ohren gespitzt hatte. »WO TREFFEN WIR UNS WIEDER?«, schrie er. »SOLLEN WIR AUF KRETA AUF DICH WARTEN?«

Herakles reckte zuerst den Daumen in die Höhe und dann zwei Finger.

»IN ZWEI TAGEN?«, rief Julius, der sich zusammenreimte, was der Halbgott wohl gemeint hatte.

Herakles schüttelte den Kopf.

»ZWEI WOCHEN?«, riet Cornelius. Herakles hielt noch einmal den Daumen hoch, wandte sich dann ab und schwamm, bis nur noch ein winziger Punkt von ihm zu sehen war.

»Na, wenn das nicht seltsam ist!«, sagte Julius.

»Was versuche ich euch denn die ganze Zeit zu sagen?!«, erwiderte Cornelius.

Julius blickte nervös zu Cornelius hinüber und schwamm dann, ohne zu antworten, weiter Richtung Strand.

Kapitel sechs

Ein neuer alter Gefährte

Julius paddelte zum Strand und stellte erstaunt fest, wie freundlich und friedlich die kretische Hafenstadt wirkte. Im Wasser planschten Kinder und ihre Eltern entspannten sich in der warmen Sonne. An der Strandpromenade reihten sich zwischen den Fischerhütten hübsche Tavernen und Restaurants. In der Luft lag der Klang von Saiteninstrumenten und aus den geöffneten Türen strömte der Duft von köstlichem Essen.

»Hier könnte es mir gefallen!«, rief Julius begeistert.

Lucia zupfte ihn am Arm. »He, Julius, schau mal, die Typen dort drüben! Zum Piepen!«

Arme über den Kopf 2, 3...

Jetzt dehnen 2, 3 …
Genau so! Nicht schlapp machen, Thaddäus!

»Moment mal!«, rief Julius aus. »Ist das nicht unser alter Freund PLINIUS?!«

Die kleine Maus, die das Wasseraerobic leitete, plumpste vor Schreck rückwärts ins Wasser. »DEBRA!!!«, piepste sie. »Wer hat denn deine hässliche Fratze hier auf die Insel gelassen?« Sie hüpfte aus dem Wasser und fiel Julius um den Hals.

»Ich dachte, du wolltest zurück nach Rom, um deine neuen Kampftechniken auszuprobieren?«, fragte Cornelius, als er seinen alten Freund umarmte.

»So war es geplant!«, quietschte Plinius, sprang zurück ins Wasser und lief zu Felix, der am Strand nach Steinen suchte.

»Oh, hallo Plinius!«, sagte Felix arglos.

»Aufgepasst, Holzkopf!«, sagte Plinius, sprang der ahnungslosen Antilope auf den Kopf und packte sie bei den Hörnern.

Plinius wischte sich den Sand von den Pfoten und sprang unter dem Applaus seiner alten Freunde wieder zu ihnen zurück. »Aber dann habe ich mich in das milde Klima und den köstlichen Fraß hier auf Kreta verliebt, bin geblieben und habe sogar noch ein paar praktische neue Tricks gelernt!«

Er ließ seine winzigen Knöchel knacken. »Das eben zum Beispiel nennt man einen kretischen Wickler!«

Plinius zeigte auf ein kleines Haus am Strand. »Ich habe jetzt sogar mein eigenes Sanatorium für Gladiatoren im Ruhestand!«

»DEIN EIGENES SANATORIUM!«, rief Julius erstaunt. »Fabelhaft! Was ist ein Sanatorium?«

Die Maus hüpfte zurück zu den alten Männern im Meer und machte ein paar Hampelmänner, die diese pflichtschuldig nachahmten. »Ein Kur-Badehaus. Ein Ort, an den man auch im Alter fit und gesund bleiben kann! Uund eins! Uund zwei!«

Cornelius konnte sich seine Neugierde nicht verkneifen. »Aber braucht man für so etwas nicht Geld?«, fragte er.

»Ha ha ha!«, lachte Plinius. »Dem schlauen alten Cornelius entgeht aber auch NICHTS!«

Plinius wedelte mit den Armen. »Von dem ganzen Spaß in Ägypten hatte ich ein paar goldene Armbänder übrig. Ich habe mich also ein bisschen am Mittelmeer umgesehen, sie zu Geld gemacht und schon ist Onkel Klaus zu Haus!«

Vor lauter Aufregung, dass er seine alten Kumpel wieder gefunden hatte, hüpfte Plinius auf und ab. »Wer hätte gedacht, dass ich mich so freue, eure hässlichen Fratzen wiederzusehen!«

»Dann hat dir Kaiser Hadrian, der alte Halunke, also vergeben?«

»Was vergeben?«, fragte Julius etwas verwirrt.

»Dass du sein Stellenangebot abgelehnt hast. Damit bist du ihm ja ziemlich auf die Füße getreten.«

»WAS?!«, ächzte Julius und tauchte sofort im Wasser unter. Nach ein paar Sekunden kam er zum Luftholen wieder herauf. »Ich kann nicht den ganzen Tag da unten bleiben!«, prustete er. »DU MUSST UNS VERSTECKEN, PLINIUS!!«

»Tss«, machte Plinius. »IHR seid mir ja welche!« Er blickte sich rasch nach Römern um. »Was WOLLT ihr überhaupt hier?«

»Wir sind hier in GEHEIMER MISSION!«, erklärte Lucia. »Und ich glaube, wir brauchen deine Hilfe, um uns zu verkleiden!« Aus lauter Vorfreude auf spannende Intrigen rieb sie sich die Klauen.

»Ooh!«, rief Plinius und machte von Milus' Kopf einen Rückwärtssalto in den weichen Sand. »Eine Geheimmission, sagst du!«

Er sprang mit wilden Karateschlägen hin und her, trat nach allen Seiten aus und kickte kleine Steine ins Meer, als wären sie gefährliche Gegner. »Ich könnte schon etwas Abwechslung von dieser ganzen Entspannung gebrauchen. Wo wollt ihr denn hin?«

»Ins Labyrinth!«, verkündete Julius stolz.

»Wir wollen da bloß einen goldenen Apfel holen!«, lachte Brutus und warf eine Strähne seiner Seetangperücke über die Schulter. »Kinderleicht!«

»Einen goldenen Apfel?«, rief Plinius. »Im Labyrinth gibt es keinen goldenen Apfel – nur einen fiesen Minotaurus!«

»Minotaurus?«, wiederholte Julius.

»Oh ja, Minotaurus!«, entgegnete Plinius. »Halb Mensch, halb Stier. Ein echtes Ungeheuer – da habt ihr keine Chance!«

Plinius wandte sich wieder seinem Aerobic-Kurs zu. »Also, ich bin raus.«

Julius rannte ihm nach. »Bitte, Plinius«, flehte er. »Wenn wir diesen Apfel nicht finden, bekommen wir einen RIESEN Ärger. Wir brauchen echt Hilfe!«

Plinius blickte Julius in die Augen. »Keiner, der bei Verstand ist, betritt dieses Dreckloch. KEINER!«

»Aber, Julius hat magische Kräfte!«, rief Lucia. »Erst heute Morgen hat er diesen Metallriesen mit einer Regenwolke aufgehalten!«

Plinius musste schallend lachen. »Julius hat den guten alten Talos nicht mit seinen magischen Kräften aufgehalten«, spottete er. »Hier in Kreta gibt es DAUERND Regenschauer!« Er zeigte auf die riesige Gestalt in der Ferne. »Dieses Ungeheuer ist STÄNDIG am Einrosten!«

»Dann hilf uns!«, beschwor ihn Julius. »Du kennst dich hier bestimmt super aus.«

Plinius überlegte einen Moment, auf was für einen Wahnsinn er sich da einlassen würde. »Was solls!«, rief er. »Okay, ich bin dabei, aber wir MÜSSEN euch irgendwie verkleiden, sonst erwischen euch die Römer noch vor den Ungeheuern.«

Die kleine Maus sauste zu ihrem Badehaus.

»Kommt rein!«, befahl Plinius und hielt die Tür auf.

Alle drängten nach drinnen, aber Julius bemerkte, dass jemand fehlte. »Wo ist Felix?«, fragte er.

»Was glaubst du wohl?«, knurrte Milus und ging hinein.

Julius blickte zurück zum Strand und sah, wie die Antilope gebückt zwischen den Steinen herumlief.

»BEEIL DICH, FELIX!«, rief er.

»Mach, dass du reinkommst!«, schnauzte Julius und warf noch einmal besorgt einen Blick über den Strand, um sicher zu sein, dass kein römischer Soldat sie beobachtete.

Drinnen kamen sie in einen warmen dampfigen Gang. Überall im Badehaus hörte man Wasser rauschen und plätschern, dazu Gelächter und hin und wieder ein Ächzen oder Stöhnen. Ein älterer Herr mit einem nassen Handtuch um den Bauch zwängte sich an ihnen vorbei und nickte allen höflich zu.

»Ein seltsamer Ort!«, murmelte Julius.

Plinius bugsierte sie in ein kleines Zimmer.

»Wartet hier«, befahl er und huschte wieder hinaus auf den Korridor.

»Der ist wirklich erstaunlich!«, sagte Brutus und linste durch seine Seetanglocken. »Kreta ist wahrhaft ein fremdes, wunderliches Land!«

»Das ist ein Einsiedlerkrebs«, meinte Cornelius seufzend.

»Ooh!«, sagte Brutus und musterte den Krebs. »Ein Fiedlerkrebs!«

»Dann ist es wohl kein Stein mit Beinen, oder?«, seufzte Felix und stupste seinen neuesten Fund an.

»Nein«, erwiderte Cornelius. »Es ist ein kleiner Krebs, der in einer Schneckenschale wohnt.«

Plinius kam mit einem ganzen Berg von Kleidern und Waffen zurück.

»Wir müssen fix die Kurve kratzen!«, keuchte er und ließ den Haufen auf den Boden plumpsen. »Eure Ankunft hat schon Aufsehen erregt und wir sollten verschwinden, bevor die Legion hier Wind davon bekommt!«

Dieser Schild ist größer als ich!
Ich fühle mich schon jetzt heroisch!
Seht mal, meine Federn!

Dieser Helm ruiniert meine Perücke!
Hast du nichts Kleineres in meiner Größe?
Ziemlich spitz!

»Wo hast du denn das Zeug her?«, fragte Julius und bewunderte seinen langen Speer.

»Sagen wir einfach, die Typen im Dampfbad werden ZIEMLICH sauer sein, wenn sie sich in fünf Minuten anziehen wollen«, antwortete Plinius schmunzelnd.

Als sie zu einem Seiteneingang auf die Hauptstraße hinausschlichen, wandte sich Plinius an Julius und drückte ihm einen seltsamen Gegenstand in die Hand.

Kapitel sieben

Spitzenmässig

Sportliche Betätigung konnte Julius nicht leiden und er merkte schnell, dass er es besonders hasste, auf losem Geröll, das unter den Hufen wegrutschte, steil bergauf zu stapfen. Die Verkleidung machte es nicht leichter.

»Wenn du dem schrecklichen Minotaurus gegenübersteht, wirst du dich nicht mehr über die Rüstung beschweren!«, piepste Plinius, der voraushüpfte. »Los jetzt, es ist nicht mehr weit! Gleich hinter dem Bergkamm!«

Bitte schön, der PALAST VON KNOSSOS!

»Von wegen Palast!«, keuchte Julius und lehnte sich erschöpft auf seinen Speer. »Das ist eine Ruine!«

»Stimmt«, antwortete Plinius und hüpfte auf die Schuttberge zu. »Daran ist ein großes Erdbeben schuld!«

Julius streckte den Rücken durch und marschierte auf die Überreste des Palastes zu. Die anderen folgten argwöhnisch.

»Irgendwie gefällt mir dieser Ort nicht!«, sagte Cornelius besorgt und versuchte, in seiner zu großen und schweren Rüstung Schritt zu halten.

»Seht es mal so«, folgerte Julius. »Wenn dieser Palast so alt und verfallen ist, dann kann dort unten UNMÖGLICH noch ein Minotaurus sein!«

»Hoffentlich hast du recht«, seufzte das kleine Warzenschwein düster.

»Kommt schon!«, rief Julius begeistert. »Schnappen wir uns den goldenen Apfel und dann nichts wie zurück zu diesen gemütlichen Tavernen – da lassen wir's uns dann gut gehen, bis Herakles zurück ist.«

»Du vergisst, dass die gesamte römische Armee hinter uns her ist«, schnaubte Cornelius. »Herumlungern in Tavernen kommt nicht unbedingt infrage!«

Dann schlossen alle zu Plinius auf, der schon ungeduldig am Fuß der Palastruine wartete.

Die alte Granittür war nur angelehnt und Julius schlich auf Zehenspitzen hin, um durch den Spalt zu spähen. Er schreckte sofort zurück, würgte und rief: »PFUI TEUFEL!« Er rang um Atem. »Das ist vielleicht ein GESTANK!«

Felix wurde plötzlich ganz aufgeregt, denn er entdeckte etwas Glänzendes am Boden vor der Tür.

»Juuhuu!«, rief er. »Das große Schwert ist meins!«

Aber als er es hochhob, schrien alle auf und wollten davonlaufen.

»EIN KLAPPERMANN!«, schrie Julius und duckte sich hinter einen großen Felsblock.

Verwirrt griff Felix nach dem Heft des Schwertes und berührte dabei mit dem Huf die Knochen.

Schreiend sauste Felix zu dem Felsblock, hinter dem sich alle versteckten. »Nett, dass ihr mich mit der Knochenhand allein gelassen habt, ihr Mistkerle!«, schimpfte er.

Knurrend stand Milus auf, drückte seinen Helm fest auf den Kopf, hob den Schild und marschierte auf den Eingang zu. »Ist ja lächerlich!«, brummte er. Dann stemmte er die Schulter gegen die schwere Steintür und drückte mit aller Kraft dagegen.

Julius und die anderen stemmten sich gemeinsam mit Milus gegen die staubige Steinplatte. Diese setzte sich ganz langsam in Bewegung, bis sie nach einem großen RUCK knirschend nach innen schwang und einen langen, düsteren, STINKENDEN Gang freigab.

»Wirklich WIDERLICH!«, sagte Rufus und hielt sich die Nase zu. »Dagegen duftet deine Seetangperücke ja schon fast wie ein Blumenstrauß, Brutus!«

Die anderen torkelten rückwärts und versuchten, etwas frische Luft zu bekommen, während Julius sich vorreckte und den Boden im Gang beäugte. »Sieht jemand einen goldenen Apfel? Hoffentlich ist er gleich hier bei der Tür!«

Alle schoben sich vorsichtig näher und spähten hinein.

»Es hat keinen Sinn«, sagte Lucia. »Ich sehe überhaupt nichts!« Sie drehte sich um. »Felix, wir brauchen deine Lampe!«

Aber Felix war nirgends zu sehen.

»FELIX?!«, rief Lucia laut. »Wo BIST du?«

Hinter dem großen Felsblock hörte man ihn wimmern: »Ich gehe da nicht rein!«

»Ach, komm schon!«, rief Julius. »Jetzt sei kein Feigling!«

»Ich will mit KLAPPERMÄNNERN nichts zu tun haben«, jammerte Felix. »Ich warte, bis ihr zurück seid!«

Cornelius trottete zurück zum Felsblock. »Weißt du, Felix, manche alten Knochen nennt man auch Fossilien, und Fossilien sind STEINE!«

»Auf jeden Fall!«, antwortete Cornelius. »Stell dir nur mal deine fantastische Steinsammlung nach diesem Abenteuer vor. ALLE Steinsammler werden neidisch auf dich sein!«

Es dauerte eine ganze Weile, aber dann erschien ein Paar Hörner hinter dem großen Stein, und dann kam Felix zum stinkenden Felsengang herüber. »Warum habt ihr das nicht GLEICH gesagt?«

Aus seinem Rucksack zog er Öllampe, Metallstab und Taschenfeuerstein hervor, schlug einen Funken und zündete den Docht an.

Als sie sich vorsichtig hineintasteten, hielt Plinius Julius zurück. »WARTE!«, rief er. »Vergiss den Faden nicht!«

Julius zog das Knäuel aus seinem Waffenrock.

»Großartig!«, sagte Julius und packte den Faden. »Und was mache ich damit?«

»Oh ... äh ... das weiß ich auch nicht«, stotterte Plinius. »Dem Minotaurus an den Kopf werfen, wahrscheinlich!«

»Alles klar!«, antwortete Julius. »Holen wir uns also den Apfel. Und der Minotaurus geht uns besser aus dem Weg!«

Aber als sie gerade tiefer in den Gang hineinwollten, hielt Cornelius den Huf in die Höhe und stoppte die Gruppe. »Seht mal!«, quiekte er und zeigte auf ein Gerippe, das an der Seite lag. »Was hält der denn da in der Hand?«

Aufgeregt griff Cornelius danach und hielt es in die Höhe. »Sieht nach einer Schriftrolle aus!«

»Steht da drauf, dass wir nach Hause gehen sollen?«, fragte Brutus nervös. »Ich halte das nämlich für eine gute Idee.«

Cornelius rollte das alte Pergament auseinander und seine Augen leuchteten auf. »Ich glaube es nicht!«, rief er. »Was für ein Glücksfall!«

Cornelius reichte Julius die Karte. »Hier, nimm du sie«, sagte er. »Du wolltest doch vorausgehen, weißt du nicht mehr?«

»Wollte ich das?«, meinte Julius und schluckte.

»Ja«, antwortete Cornelius. »Du hast versprochen, dich als Erster auf alle Ungeheuer zu stürzen, die uns begegnen.«

Julius griff ängstlich nach der Karte. »Ach ja«, stammelte er. »Das habe ich wohl.« Er blickte eine Weile auf die Karte und tippte sich ans Kinn. »Also gut«, erklärte er forsch. »Wir müssen durch diese Tür gehen.«

»Das SIND wir schon, Esel!«, knurrte Milus und deutete auf die Karte. »Jetzt zeig uns endlich den Weg!«

Kapitel acht

Am seidenen Faden

»Es ist NICHT ZU FASSEN!«, schnaubte Julius. »Jetzt laufen wir schon seit STUNDEN hier rum!«

Cornelius untersuchte einen Haufen Knochen in einer Ecke. »Ich bin mir ziemlich sicher, dass wir hier schon mal waren …«

Milus preschte vor zu Julius und riss ihm die Karte aus den Hufen. »Wie können wir uns verirren, wenn du eine KARTE hast?«

»Mach mal halblang, Griesgram!«, sagte Julius ärgerlich. »Karten lesen war noch nie meine Stärke.«

Milus funkelte das Zebra böse an. »Hast du überhaupt IRGENDEINE Stärke?«

Milus faltete die Karte vor seiner Schnauze auseinander, musterte sie und betrachtete dann die Wände und Gänge um sie herum.

Julius tippte mit dem Huf auf die Karte. »Ich wollte uns zu dieser Stelle dort unten führen, mit dem komischen Geschreibsel und dem großen Pfeil.«

Milus besah sich die Schrift.

»Ich weiß zwar nicht, was die Worte bedeuten«, fuhr Julius fort, »aber es ist bestimmt uraltes Griechisch und bedeutet was wirklich Wichtiges wie ›Schatz an dieser Stelle!‹«

Milus sah sich die Schrift noch einmal an und drehte die Karte um hundertachtzig Grad. Dann knüllte er sie mit einer Pfote zusammen und schlug sich mit der anderen an die Stirn.

»Du hast die Karte die ganze Zeit falsch rum gehalten!«, brüllte Milus.

»Wie kannst du es wagen! Das habe ich nicht!«, protestierte Julius beleidigt und schnappte sich die zerknüllte Karte.

Er strich sie glatt, betrachtete zuerst sie und dann die Umgebung. »Woher willst du das überhaupt wissen?«

Milus stieß mit einer Klaue auf die Karte. »Weil das ›komische Geschreibsel‹, mit dem du nichts anfangen konntest, in Wirklichkeit Wörter sind, die auf dem Kopf stehen. Und da steht geschrieben: ›Hier ist oben‹.«

Milus riss ihm knurrend die Karte aus der Hand und setzte sich neben Felix an die Spitze. »Alle mir nach!«

HIER ist OBEN
Schöne Rüstung
NETTE SPINNE
Hallo!
Wütendes Schaf
Kein Minotaurus
Traurige Maus
Gerippe
EINKAUFS-LISTE
- WÜRSTCHEN
- SALAT
- TRAUBEN
- HONIG
- KLO-BLÄTTER
- CHRISTBAUM-KUGEL
- SCHWAMM
- NEUE ZÄHNE
- GROSSES HUHN
- ZITRONE

Gewöhnlicher Stier
Ich bin's!
Verirrter Krieger
taurus
Apfel?
Aug-apfel
VOR LAUTER ANGST ABGEKAUT!!
EINGANG!!

Nachdem sie einige Zeit durch die übel riechenden Gänge geirrt waren, bemerkte Milus ein schwaches Leuchten vor ihnen. Er hielt den Arm in die Höhe. »Ich glaube, wir haben ihn gefunden«, knurrte er.

Julius schob sich nach vorn und hielt sein Fadenknäuel in die Höhe. »Gut gemacht, Milus!«, erklärte er. »Jetzt übernehme ich!«

»Vorsicht, Debra!«, flüsterte Plinius. »Es heißt, der Minotaurus ist ein großer, fieser Grobian.«

Die kleine Maus hob einen kleinen Kiesel auf und warf ihn auf einen der vielen Schädel im Gang.

»Du kannst ihn nur umhauen, wenn du ihn MITTEN auf die RÜBE triffst!«

Julius blähte die Brust und zog die gemeinste Grimasse, die er kannte. »Mach dir keine Sorgen um MICH!«, erklärte er selbstbewusst.

Sprach's und schlich auf Zehenspitzen ins Dunkel.

»Und das waren seine letzten Worte…«, seufzte Felix.

Bevor noch jemand etwas sagen konnte, hörten sie rasche Schritte aus dem Gang zurückkommen. Alle klappten hastig die Visiere herunter und hoben Schilde und Speere an.

»Ich bin's nur!«, flüsterte Julius. »Ihr könnt die spitzen Dinger runternehmen!«

»Hast du ihn gesehen?«, fragte Felix.

»Ja«, antwortete Julius.

Wir brauchen eine größere Armee!

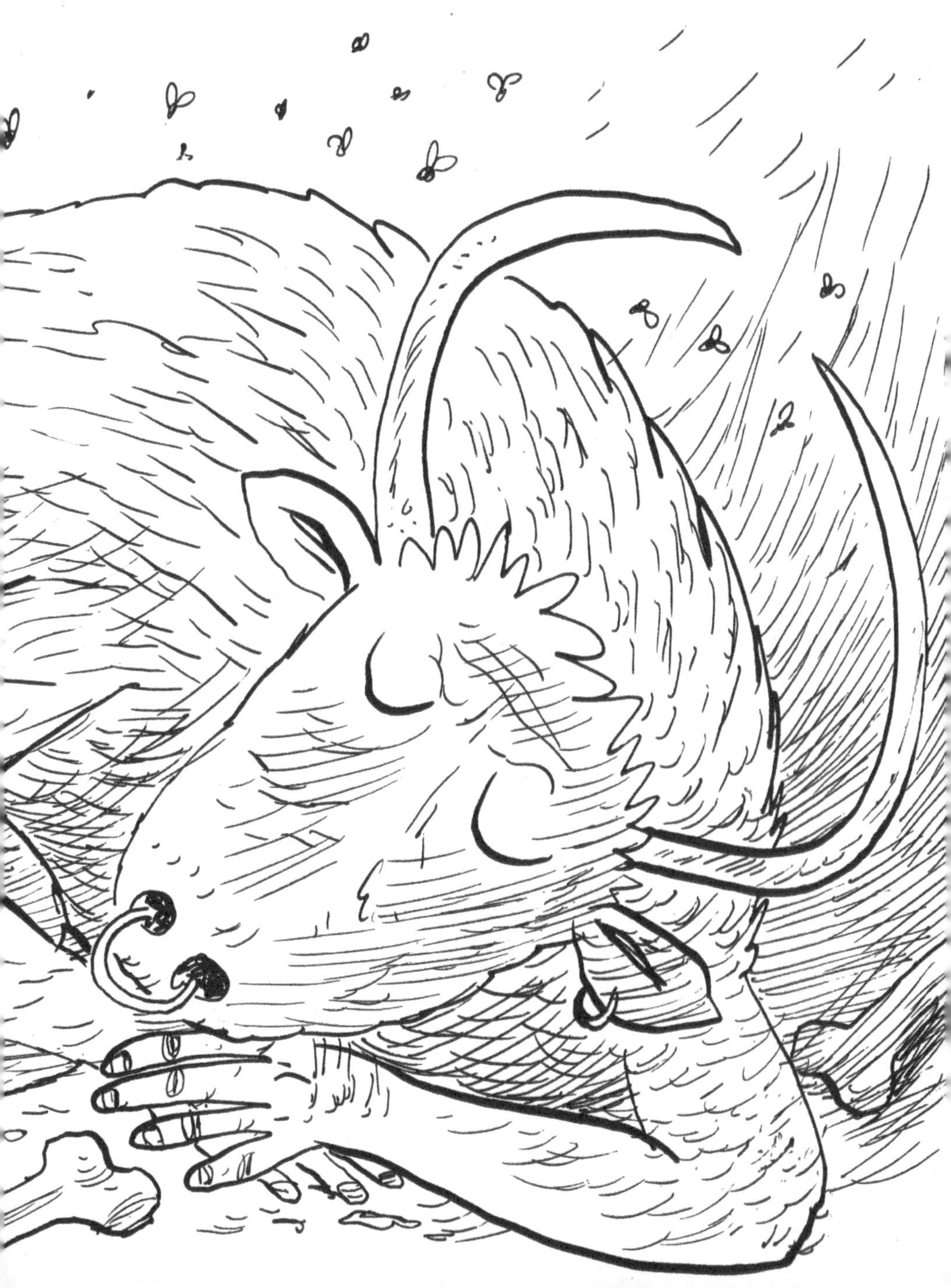

»Er ist mindestens zehnmal so groß wie diese haarige Kuh, gegen die wir in Britannien gekämpft haben!«, stöhnte Julius. »Ich kann es UNMÖGLICH mit ihm aufnehmen!«

»Dann müssen wir uns eben in seine Höhle schleichen und versuchen, den Apfel zu finden, ohne ihn zu wecken«, schlug Lucia vor.

»Meldest du dich freiwillig?«, fragte Milus.

»Äh ... nein ...«, sagte sie.

»DU solltest das machen, Esel«, knurrte Milus und schob Julius nach vorn.

»Ich?!«, wimmerte Julius. »Warum ich?«

»Aber er wird mich bei lebendigem Leib vernaschen!«, protestierte Julius.

»Wenn wir Glück haben«, fauchte Milus.

Julius sah sich zuerst den Minotaurus an, der wie ein Berg dalag und ein Nickerchen machte, und dann das Chaos, das ihn umgab.

»Okay«, sagte er. »Ihr habt recht; es war meine Idee, Herakles zu helfen, also bin ich verantwortlich.«

Er richtete sich stolz auf, zog den Helm in die Stirn, hob den Schild an und schob sich vorsichtig in die mit Unrat übersäte Kammer.

Kapitel neun

Keine schlafenden Stiere wecken

Julius schlich vorsichtig in der Höhle des Minotaurus herum und suchte nach etwas, das wie ein Apfel aussah. Auf dem Boden herrschte das reinste CHAOS! *Noch schlimmer als im Kerker unter dem Kolosseum,* dachte Julius.

Überall lagen Knochen, halb vergammeltes Fressen, zermalmte Waffen und zerrissene Rüstungen. Und was am schlimmsten war – überall stinkende Kuhfladen!

Dann fiel Julius in dem Durcheinander aber etwas Glänzendes ins Auge. *Es ist klein und rund,* dachte er. *Vielleicht ist ja heute mein Glückstag!*

Er schob sich vorsichtig durch den Müll weiter in Richtung des Gegenstands. In seiner Eile trat er versehentlich gegen einen kleinen Knochen, der scheppernd gegen ein altes Schwert flog. Julius erstarrte, während sich der Minotaurus im Schlaf regte – aber nicht erwachte.

Julius wollte gerade weiter, als sich der Minotaurus plötzlich auf Julius' Seite rollte, dass die alten Knochen unter seinem muskulösen Körper nur so knirschten. Zum Glück schlief er immer noch und grummelte, als würde er träumen.

Schließlich hatte Julius genug Mut zusammengekratzt, um sich wieder zu bewegen. Er hob einen Huf langsam über einen Knochenhaufen und schlich weiter auf den funkelnden Gegenstand zu, den er gesehen hatte.

Nur war der nicht mehr da.

Da huschte rechts von ihm etwas vorüber. Er drehte sich rasch um. Das glänzende Ding rannte weg!

»He!«, flüsterte er laut. Der Minotaurus schnarchte im Schlaf. Julius achtete nicht auf ihn und tänzelte flink auf das fliehende Ding zu, das plötzlich in die Luft sprang und auf dem Bein des Minotaurus landete.

Julius unterdrückte einen sehr lauten Schrei!

Felix beobachtete von der anderen Seite der Kammer, was geschah. Er klopfte seine Taschen ab. »He! Das muss Hermann, mein Einsiedlerkrebs, sein!«, rief er. »Der kleine Teufel ist abgehauen!«

»Dann solltest du ihn schnell wieder einsammeln«, befahl Milus, »bevor er Julius um Kopf und Kragen bringt!«

Felix hastete zum Minotaurus. »Hermann, du Dummbax, komm sofort da runter!«

Julius drehte sich erschrocken um und sah, dass Felix auf ihn zustürzte. Er schlug wild mit den Hufen aus, um die Antilope aufzuhalten, aber es war schon zu spät!

PASS AUF!!
PIEK!
Und tschüss!

Einen Moment lag Julius reglos zwischen Knochen und Kuhfladen – benommen und ziemlich durchgeschüttelt.

»G... glaubst du, er hat uns gehört?«, lallte er.

Eine riesige, stinkende Masse aus Haaren und Muskeln baute sich über Julius auf.

Julius schrie und wollte davonlaufen, aber der Minotaurus trat ihm mit einem schweren Huf auf den Schwanz und klemmte ihn am Boden fest. »WER BIST DU, DASS DU MEINEN SCHLAF STÖRST?«, brüllte der Minotaurus und hielt Julius seine riesige Schnauze ins Gesicht. Sein stinkender Atem brachte Julius fast um die Besinnung.

Der Minotaurus heulte vor Ärger auf und schleuderte Julius gegen die Wand, an der er bis auf den schmutzigen Boden hinunterglitt.

»Nimm das Knäuel!«, rief Cornelius, der sich mit den anderen noch immer im Gang versteckte.

Der Minotaurus hatte Cornelius gehört, drehte sich zu den zitternden Tieren um und stieß ein mächtiges GEBRÜLL aus. »ICH WERDE EUCH ALLE AUFFRESSEN UND EURE KNOCHEN ALS ZAHNSTOCHER BENUTZEN!«

Aber als der Minotaurus den Kopf zum Angriff senkte, stellte sich Julius dem Ungeheuer kühn entgegen.

»GROSSES UNGEHEUER! HEUTE WIRST DU KEINE MUTIGEN KRIEGER VERSCHLINGEN!«, rief er trotzig.

Der Minotaurus stutzte und betrachtete das furchtlose Zebra.

»HEUTE FINDEST DU DEINEN MEISTER! HEUTE STEHT DIR ROMS GRÖSSTER CHAMPION GEGENÜBER, UNGEHEUER.« Julius holte das Fadenknäuel hervor und hielt es in die Höhe. »HEUTE BEGEGNEST DU JULIUS ZEBRA!«

»Oh!«, stöhnte Julius überrascht. »Eigentlich sollte ihn das doch umhauen!«

Der Minotaurus stürzte sich auf Julius. Aber diesmal sprang das flinke Zebra behände zur Seite.

»Wirf noch mal!«, schrie Cornelius.

Julius wühlte im Schmutz herum, aber das Fadenknäuel war verschwunden.

»WO IST ES HIN?!«

Julius sprang von einer umgestürzten Säule und konnte dem trägen Minotaurus leicht ausweichen.

Dann schnappte er sich das Knäuel von der schwerfälligen Kreatur. *Er ist zwar riesig und schrecklich,* dachte Julius, *aber dafür ist er ziemlich LANGSAM!*

Und das stimmte! Julius winkte seinen Freunden mit dem Knäuel zu. »ICH HABE ES!« Aber als Julius es triumphierend in die Höhe hielt, wurde er plötzlich heftig nach hinten gerissen und stürzte zu Boden.

»Es hängt immer noch an seinem Horn!«, schrie Cornelius.

»Warte kurz«, sagte Lucia und sprang auf die Säule. »Ich habe eine IDEE!« Sie schnellte in die Höhe und schnappte Julius das Fadenknäuel aus den Hufen.

»WAS HAST DU VOR?«, rief Julius. »ER WIRD DICH UMBRINGEN!«

Lucia landete auf einem Marmorsockel und hielt das Knäuel hoch. »PASS AUF!«, schrie sie.

Cornelius begriff SOFORT, was das schlaue Krokodil vorhatte.

»KOMMT ALLE HER!«, rief er. »WIR HELFEN IHR!«

WENN ICH EUCH IN DIE FINGER KRIEGE!!!

Du kriegst aber KEINEN in die Finger!

Schließlich fiel der Minotaurus völlig verschnürt in einem Bündel zu Boden.

»Danke, Lucia!« Julius sah ziemlich ramponiert aus. »Was würden wir nur ohne dich tun?«

»Ich finde, wir sollten uns alle bei DIR bedanken!«, antwortete Lucia und wischte sich die Klauen ab. »Ziemlich mutig, wie du auf diesen Grobian losgegangen bist.«

Julius schlenderte zu dem gefesselten Ungeheuer und streckte einen Huf aus. »Und jetzt her mit dem goldenen Apfel«, sagte er ruhig, »dann bist du uns los!«

Der Minotaurus war verdutzt. »Ein goldener Apfel?«, knurrte er. »Was faselt du da?«

Julius blinzelte aufgeregt. »Nun, der goldene Apfel! Herakles, der Sohn des Zeus, hat gesagt, er wäre hier!«

»HERAKLES?!«, schnaubte der Minotaurus. »Woher will der das wissen? Dieser alberne Witzbold war doch noch nie hier unten!«

Cornelius näherte sich vorsichtig dem Minotaurus und schien sehr verwirrt. »Aber war er nicht hier und hat dich vermöbelt?«, fragte er. »Das war doch eine von seinen legendären Taten.«

»Es hat mich tatsächlich einer vermöbelt«, sagte der Minotaurus kleinlaut, »aber nicht Herakles – der vollbringt seine Taten niemals selbst, der faule Trottel.«

Julius verschluckte sich fast. »NIEMALS?!«, stammelte er.

»Ne!«, antwortete der Minotaurus belustigt. »Der findet immer einen Einfaltspinsel, der das für ihn erledigt.«

»Wie schon gesagt, er findet IMMER irgendwelche Idioten, die für ihn die Drecksarbeit erledigen«, lachte er. »Naja, solange ihr keinen Eid geschworen habt, ist ja alles in Ordnung.«

Er schaute in ihre betretenen Gesichter und musste von Neuem losprusten. »Ha ha ha! Ihr habt den Eid geschworen!! Ha ha ha! Dumm gelaufen!«

»Du solltest hier wirklich mal aufräumen«, meinte Julius ärgerlich. »Das ist echt ein Saustall hier!«

»Halt die Klappe!«, knurrte der Minotaurus. »Du klingst ja wie meine Mutter!«

Aber Julius trottete schon in Richtung des Hauptgangs. »Kommt, Leute, wir gehen.«

»Aber was ist mit dem goldenen Apfel?«, rief Brutus.

»Es gibt keinen« seufzte Julius. »Und wenn doch, dann war er nie hier unten.«

Das Gebrüll des Minotaurus ließ die Mauern des Labyrinths erzittern. »ICH KRIEGE DICH, ZEBRA!!!«

Plinius sauste voraus. »Der Faden wird nicht mehr lange halten, Debra. Wir sollten schleunigst verschwinden!«

»Da ist was dran«, sagte Julius. »Milus, hast du die Karte?«

»IHR KÖNNT NICHT ENTKOMMEN!!«, brüllte der Minotaurus. »HÄTTET IHR EUREN FADEN RICHTIG VERWENDET, HÄTTET IHR WAHRSCHEINLICH EINE CHANCE GEHABT!!«

Alle beschleunigten ihre Schritte, stolperten über Skelette und stießen in der Eile gegen Wände.

»Den Faden richtig verwendet?«, sagte Julius. »Was meint er damit?«

Zwanzig panische Minuten später sahen sie vor sich endlich gedämpftes Tageslicht.

»Wir haben es geschafft!«, schrie Felix und lief zur Tür. »Schnell, machen wir, dass wir hier herauskommen!«

Die große Granittür knarrte laut, als sie sich daran vorbeizwängten und an die frische Luft stürzten.

»PFUI TEUFEL!«, keuchte Julius. »Ich weiß nicht, ob ich den Gestank noch eine einzige Sekunde länger ausgehalten hätte.«

»Schon«, antwortete Plinius, »aber womit überdecken wir dann den Gestank von DEINEM KOPF?!«

Julius kickte aus Ärger einen Totenschädel den Abhang hinunter. »Das war eine komplette KATASTROPHE!«, stöhnte er. »Nicht nur gibt es keinen goldenen Apfel, wir haben uns auch noch von diesem Schuft Herakles reinlegen lassen und werden in den Hokuspokus verbannt werden!«

»Hades«, verbesserte ihn Cornelius.

»Hab ich doch gesagt!«

Bevor Cornelius antworten konnte, tauchte aus dem Nichts ein merkwürdiger Mann auf und blieb vor ihnen stehen.

»Ist das ein Freund von dir, Plinius?«, fragte Julius.

»Nö«, sagte Plinius. »Hab ihn noch nie gesehen.«

»Meine Herren, ich bin Theseus und bin viele, viele Meilen gereist.« Der seltsame Mann machte eine höfliche Verbeugung. »Ich habe mit einem gewissen Minotaurus noch eine Rechnung offen.«

Gerade als er das sagte, hörte man hinter der Tür fernes Gebrüll.

»Immer da lang, Kumpel«, sagte Plinius.

Milus reichte ihm die Karte. »Hier, nimm das.«

Theseus verbeugte sich noch einmal. »Ich stehe für immer in eurer Schuld.«

Bevor er im Labyrinth verschwand, wandte er sich an Julius und Cornelius. »Zufällig habe ich gehört, dass ihr einen goldenen Apfel sucht.«

»Ja, etwas in der Art«, seufzte Julius. »Ist jetzt aber leider ein bisschen aussichtslos …«

Mit diesen Worten zwängte sich der Grieche mit der goldenen Rüstung durch den Türspalt.

»Warte!«, rief Julius und lief ihm nach. »Wo war das noch mal?«

Theseus reckte den Kopf noch einmal heraus. »Im Garten der Hesperiden.«

»Hässliche Vipern«, antwortete Julius.

»Nein«, sagte Theseus. »Hesperiden.«

»Hässliche Vipern?«

»Hesperiden.«

»Hässliche Vipern.«

»HESPERIDEN!«

»HÄSSLICHE VIPERN!!«

»Sprich mir nach: Hes…«

»Hässliche.«

»…periden.«

»Vipern.«

»Segelt nach Westen und folgt dem Glühen der Sonne. Dort findet ihr den Garten der hässliche… Hesperiden.«

Theseus blickte noch ernster drein. »Oh, und neben den Nymphen der Hesperiden haltet auch Ausschau nach dem hundertköpfigen Drachen!«

»Dem HUNDERTKÖPFIGEN DRACHEN?!«, schrie Cornelius.

»Genau, wir fahren nicht zur Hölle, sondern werden stattdessen von einem hundertköpfigen Drachen gefressen. Wunderbar!«

»Wir brauchen ein Schiff!«, bemerkte Milus. »Talos hat unser altes doch komplett zerdeppert.«

Plinius hüpfte schon den Abhang hinunter. »Da macht euch mal keine Sorgen«, piepste die kleine Maus. »Ich habe GENAU, was ihr braucht!«

Kapitel zehn

Apfeldiebe

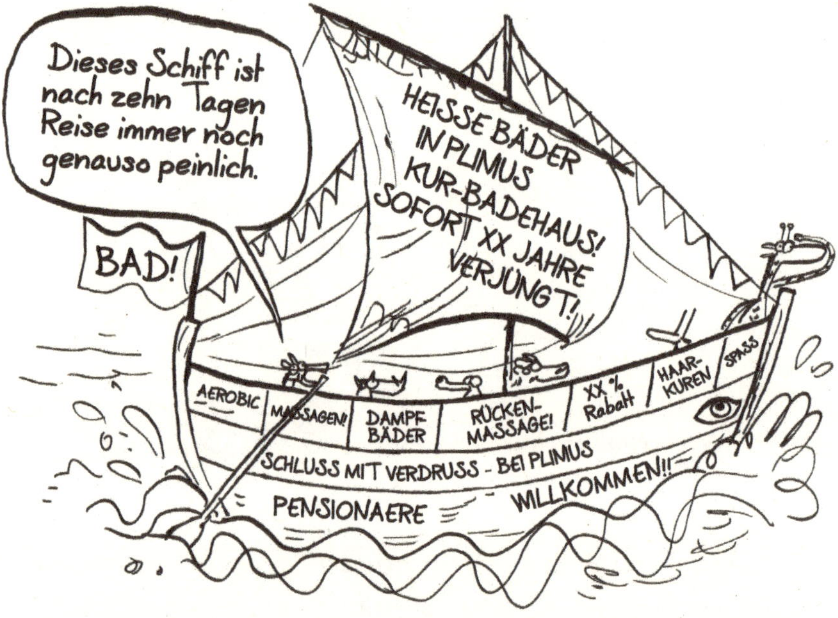

»Jetzt hör auf zu jammern, Debra«, sagte Plinius. »Es bringt dich dorthin, wo du hinwillst, oder?«

»So viel zum Thema ›unauffällig‹«, knurrte Milus.

»Überleg doch mal«, schnauzte Plinius. »Dieses Schiff ist der LETZTE Ort, an dem Römer nach uns suchen würden.«

»Das muss man ihm lassen«, sagte Julius. »Selbst ein römischer Legionär würde nicht in der Nähe dieses Boots gesehen werden wollen.«

»Ich bin am VERHUNGERN!«, rief Brutus, der über die Bordwand hing. »Ich bin nahe daran, meine Perücke aufzuessen!«

»Daran ist nur Milus schuld«, schnaubte Cornelius.

»Nun, wenn wir nicht bald Land sichten, würde sogar ich Brutus' Perücke essen«, knurrte Julius.

Wie auf Kommando rief Rufus vom Ausguck herunter:

»LAND AHOJ! Dieser griechische Lackaffe hat recht gehabt – immer dem Glühen der Sonne hinterher!«

»Und weil es ein Garten ist, werden wir da bestimmt auch jede Menge zu fressen finden!«, sagte Julius freudig.

»Oder wir werden das Einzige sein, was es in diesem Garten zu fressen gibt – für den millionenköpfigen Drachen!«, sagte Felix.

»Hundertköpfig«, verbesserte in Milus.

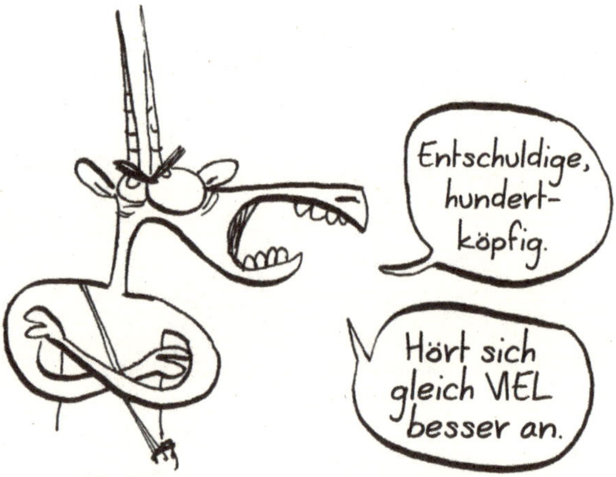

Als inzwischen erfahrene Seeleute legten die Tiere an einem schmalen Landesteg an, den sie bei der Einfahrt in den Hafen entdeckten.

Jenseits des Hafens erhob sich ein riesiger grasbewachsener Hügel, auf dem einige Hütten standen; dahinter lag eine kleine Bergkette.

Weiß jemand, wo wir hin- müssen?
Vielleicht sollten wir an einer Tür klopfen?
Wir fragen eine der Ziegen!

Julius trat zu einer der vielen Ziegen, die am Hang grasten.

»Entschuldige bitte, weißt du, wo der Garten der hässlichen Vipern liegt?«, fragte er höflich.

»HESPERIDEN!«, verbesserte ihn Cornelius.

»Entschuldigung!« Julius versuchte es noch einmal. »Läster-Riten! Kennst du das?«

Die Ziege sah ihn ausdruckslos an und kaute ungerührt weiter. »Nein«, antwortete sie schließlich mit einem merkwürdigen Akzent. »Ich weiß nichts von diesem Ort, den ihr sucht.«

Sie wandte sich zu den anderen Ziegen auf dem Hügel um. »ARISTOPHONIS!!!« Sie wartete eine Sekunde und rief noch einmal: »ARISTOPHONIS!!!«

Mehrere hundert Meter entfernt hob eine Ziege den Kopf. »Ja?«

»KENNST DU EINEN ORT NAMENS …« Die Ziege drehte sich wieder zu Julius um und starrte ihn an.

»Oh, ähm … Läster-Riten«, sagte Julius nervös.

»Läster-RITEN!«

Aristophonis der Ziegenbock blieb erst regungslos stehen, kam dann aber zu seiner stimmgewaltigen Freundin gesprungen.

Die Ziege blickte Julius an. »Meine ich ›Hesperiden‹?«

Julius sah Cornelius an.

»JA!«, rief Cornelius entgeistert.

»Ja!«, sagte Julius zur Ziege.

Die Ziege wandte sich an ihren Freund. »Ja, Aristophonis«, erklärte sie ruhig. »Das ist genau, was ich meine.«

»Aber, Delphine, warum sagtest du es dann nicht?«

So machten sie sich, angeführt von zwei Ziegen, auf in die Berge.

Wie sie so durchs Felsgelände wanderten, kam Milus an Julius' Seite. »Wenn sie uns den Weg gezeigt haben, Esel, dann wirst du einem alten Freund doch einen wohlverdienten Snack nicht ausschlagen, oder?« Er zwinkerte Julius zu.

»NEIN, MILUS!«, flüsterte Julius laut. »Du wirst unsere neuen Freunde NICHT fressen!«

Milus schnaubte und verschränkte beleidigt die Arme. »Das ist die reinste FOLTER!«

Nach einem kurzen Marsch über verborgene Wege und gewundene Pfade erreichten sie eine kleine Lichtung. Hinter den Bäumen auf der anderen Seite glomm ein warmer Schimmer.

Die beiden Ziegen deuteten auf die Lichtung.

»Hier müssen wir euch verlassen«, erklärte Delphine. »Jenseits der Bäume dort werdet ihr den Garten finden, den ihr sucht.«

Aristophonis trat vor. »Sollte es euch nach den goldenen Äpfeln verlangen, dann achtet auf das Leuchten in der Dunkelheit.«

»Kommt ihr denn nicht mit?«, fragte Julius.

»Nein«, erwiderte Delphine. »Hier gibt es zu viele Gefahren für eine Ziege, und vielleicht auch für ein gestreiftes Pferd.«

Alle versteckten sich im Gebüsch und spähten durch die Äste.

»Jetzt seid mal alle still und rührt euch nicht!«, befahl Julius streng. »Wir dürfen das nicht vermasseln!«

Doch dann sah Julius, dass sich etwas zwischen den Bäumen bewegte. »Dort!«, flüsterte er. »Ich glaube, da war etwas!«

Alle kniffen die Augen zusammen.

»Ich sehe überhaupt nichts!«, brummte Milus. »Wir verschwenden hier nur unsere Zeit.«

»Genau!«, pflichtete Brutus bei. »Hier gibt's nur Bäume. Alles andere bildest du dir nur ein!«

Doch Julius sah wieder, wie sich etwas bei den Bäumen bewegte. »Schaut! Habt ihr das gesehen?«, rief er. »Diese Baumstämme scheinen sich von selbst zu bewegen!«

»Augenblick mal!«, ächzte Cornelius. »Das sind gar keine Baumstämme – das sind riesige BEINE!!«

Der ist ja RIESIG!
Wenn das Ding Wache hält, können wir die goldenen Äpfel vergessen!

Julius sank hinter einen Felsen und seufzte schwer. »Das war's wohl. So kommen wir an keinen Apfel. Da können wir gleich aufgeben!« Er trat gegen einen kleinen Stein. »Das Ganze war wirklich ZEITVERSCHWENDUNG!«

»Still!«, zischte Lucia, die noch immer den Drachen und die Lichtung im Auge behielt. »Da kommt jemand!«

Dann ging der Mann wieder. Kurze Zeit später kam eine Frau aus dem Wäldchen und ging am Drachen vorbei zu dem Päckchen.

»Oh, seht mal!«, flüsterte Lucia. »Sie muss eine der Nymphen sein. Wahrscheinlich pflegen sie den Garten.«

»Großartig«, seufzte Julius. »Jetzt müssen wir nicht

nur an einem riesigen Drachen, sondern auch noch an Gärtnerinnen vorbeikommen. Der Tag könnte nicht schlimmer sein!«

Die Frau hob das Päckchen auf, ging zum Drachen hin und strich ihm über einen seiner Köpfe.

Plötzlich wurde Plinius ganz aufgeregt und sprang auf den Felsblock. »Leute! Das bringt mich auf eine FANTASTISCHE Idee!«, piepste er.

»Große Güte!«, zischte Julius. »Ruhig Blut, sonst verrätst du uns noch!«

»Und die wäre?«, fragte Lucia, die immer für einen schlauen Plan zu haben war. »Verkleiden wir uns als Nymphen?«

»In meinem Badehaus haben die Leute oft über diesen Quatsch mit dem trojanischen Pferd getratscht!«, fuhr Plinius etwas leiser fort. »Habt ihr davon gehört?«

Julius schüttelte den Kopf. »Nee, für Pferde haben wir gar nichts übrig!«

»Genau!«, stimmte Brutus zu und strich sich die Perücke mit dem Huf glatt. »Pferde sind VOLLTROTTEL!«

»Das ist kein ECHTES Pferd!«, erwiderte Plinius. »Es ist aus Holz, und man gibt es seinem Feind als Geschenk.«

»He! Wir wollen hier niemanden kaltmachen!«, protestierte Julius aufgeregt. »Wir wollen uns bloß einen Apfel holen!«

»Ich finde, Plinius hat recht!«, schaltete sich Lucia ein. »Wir sollten für die Nymphen auch eine Art Pferd bauen, vielleicht ein Zebra…«

Lucia beachtete ihn nicht und fuhr fort. »Wir bauen ein großes hölzernes Zebra mit Rädern und machen uns dann selbst zum Geschenk.«

»Wir könnten eine nette Grußkarte dazu schreiben!«, sagte Felix.

»Ja«, antwortete Lucia zweifelnd. »Das könnten wir wohl.«

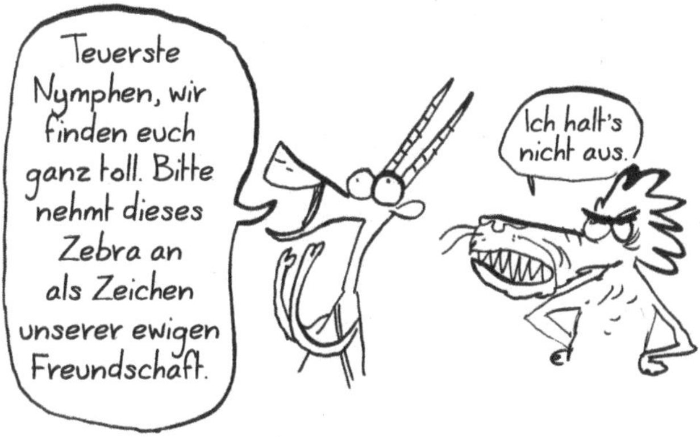

»WIE AUCH IMMER!«, warf Lucia ein. »Wie Plinius vorgeschlagen hat, sollten wir uns im Zebra verstecken, uns einen Apfel schnappen, wenn keiner hinsieht, und dann davonrollen und verschwinden!«

Kapitel elf

Trojanisches Zebra

Plinius' winziger Kopf tauchte aus dem Bauch des Zebras auf. »Kommt ihr mit rauf?«, piepste er. »Ist richtig gemütlich hier!« Er warf ein Seil herunter und Julius kletterte hinauf.

Lucia zog sich als Nächste am Seil herauf, dann Cornelius und Brutus. Lucia rief durch die Falltür hinunter zu Milus und Rufus.

Die beiden stemmten sich gegen die großen Hinter-

beine des hölzernen Zebras und es setzte sich langsam über Gras und Trampelpfade in Bewegung, bis sie schließlich die Lichtung erreichten. Dann hangelten sich auch Milus und Rufus rasch ins Zebra hinauf, bevor jemand sie entdecken konnte.

»Gute Arbeit, Leute!«, sagte Julius. »Jetzt brauchen wir nur zu warten, bis jemand kommt und uns holt!«

Das dauerte gar nicht lange. Durch die Ritzen in der Holzwand konnte Julius sehen, wie sich zwei Gestalten dem Zebra näherten.

»Pssst!«, machte er leise. »Da kommen sie!«

Felix versuchte ebenfalls, durch die Ritzen zu spähen, aber er konnte nichts erkennen. »Was machen sie?«, flüsterte er und rutschte zur Seite, um besser sehen zu können. »Haben sie meine Karte gefunden?«

»Sei still!«, zischte Cornelius wütend. »Du verrätst uns noch!«

Schnaubend setzte sich Felix wieder hin.

»Mein Hintern!«, klagte Felix. »Ich habe einen Spreißel im Hintern!«

»Nun, der muss fürs Erste dort bleiben!«, sagte Julius. »Hör auf herumzuhampeln und SEI LEISE!!«

Felix mühte sich verzweifelt, den Holzsplitter herauszuziehen, aber vergeblich. »Er ist zu klein und meine Hufe sind dick wie Würste!«, wimmerte er.

Unversehens tauchte Hermann der Einsiedlerkrebs aus Felix' Umhängetasche auf, kroch zu dessen Hinterteil und zwickte ihn tüchtig mit seiner Schere.

»Danke, Hermann!«, murmelte Julius, als der Krebs wieder in Felix' Tasche zurückhuschte.

Bevor Julius antworten konnte, wurden alle auf eine Seite geworfen. Dann stürzten sie alle nach hinten.

»Ich glaube, wir bewegen uns!«, flüsterte Julius.

Und tatsächlich, als Julius durch die Ritzen spähte, sah er, dass sie von der Lichtung hinüber in den Garten mit den Bäumen rollten.

Dann duckte er sich plötzlich und hob den Huf, damit sie alle still waren. »Vorsicht, jetzt geht's am Drachen vorbei!«, flüsterte er.

Es dauerte nicht lange, dann stand das hölzerne Zebra wieder still. Zuerst wagte sich keiner zu rühren, aber nach ungefähr fünf endlosen Minuten traute sich Julius schließlich hinauszulinsen.

»Und?«, knurrte Milus. »Ich hoffe für euch, dass da draußen Äpfel sind, sonst kann es passieren, dass ich euch alle auffresse.«

»Musst du immer SO dramatisch sein!«, schimpfte Lucia.

»Hm, also Äpfel sehe ich keine …«, räumte Julius ein. »Aber Nymphen auch nicht.«

Die anderen Tiere lugten auch durch die Schlitze hinaus.

»Ich auch nicht!«, sagte Plinius. »Wir könnten uns ja mal ein bisschen draußen umsehen?«

»Ohne mich!«, sagte Felix sofort.

»Aber ich dachte, du magst keine Spreißel?«, sagte Julius.

»Ja, ich sehe das wie Felix«, erklärte Brutus. »Ich werde mich auch nicht von der Stelle rühren. Hier drin ist es sicherer!«

»Wenn du mit mir hierbleiben willst«, sagte Felix, »dann muss aber diese stinkende Perücke verschwinden!«

Brutus verschränkte die Arme und schüttelte den Kopf. »Wo ich hingehe, geht auch meine Perücke hin!«

»Leise!«, flüsterte Julius, als er sich am Seil hinunterließ. Gleich hinter ihm folgten Cornelius, Lucia, Rufus und Milus.

»Ich bewache das Holzzebra!«, rief Felix.

»Psst!«, zischte Julius. »Macht nicht so einen Krach!«

Julius warf einen kurzen Blick auf das Gelände und deutete dann auf etwas, das wie ein kleiner Obstgarten aussah. »Los!«, sagte er. »Ich glaube, hier sind wir richtig!«

Sie sprinteten zu den Obstbäumen und versteckten sich hinter den Stämmen.

»So weit, so gut«, sagte Julius und reckte den Kopf vor. »Schnappen wir uns einen Apfel und dann nichts wie weg!«

Alle kamen hinter ihren Bäumen hervor, blickten ins Geäst hinauf und wieder hinunter auf den Boden.

»Moment mal«, sagte Lucia. »Welche Äpfel?«

»Wie meinst du das?«, erwiderte Julius.

»Hier SIND keine Äpfel!«, flüsterte Lucia.

»Hier sind nicht nur keine Äpfel«, sagte Cornelius, »es gibt auch keine BLÄTTER!«

»Muss die falsche Jahreszeit sein!«, rief Cornelius. »Natürlich! Der Frühling hat gerade erst begonnen, da wachsen natürlich keine Äpfel – nicht einmal goldene, vermutlich!«

Julius begann, seinen Kopf gegen einen Baumstamm zu rammen.

Cornelius packte Julius. »Hör auf mit dem Unsinn und komm weiter!«

Sie wollten gerade zurück zum hölzernen Zebra laufen, als ihnen eine Gruppe mit Speeren und Schilden bewaffneter Nymphen den Weg versperrte.

»Halt, Eindringlinge!«, rief eine der Nymphen. »Sind das die Schurken?«

Kapitel zwölf

Veräppelt

Julius und die anderen wurden von der Nymphen in einen stinkenden Pferch geführt. Der hundertköpfige Drachen lauerte im Hintergrund, schmatzte und leckte sich die vielen Lippen.

»WIE KONNTEST DU NUR?!«, schrie Julius den verräterischen Ziegenbock an. »Ich dachte, du wolltest uns HELFEN!«

Aristophonis gluckste. »Jahrhundertelang waren wir Ziegen das Futter für den vielköpfigen Drachen«, meinte er grinsend und trottete um den Holzzaun herum. »Aber ich habe mit den Nymphen einen Vertrag ausgehandelt: Wenn wir Ziegen dem Drachen genügend zu fressen verschaffen, werden wir verschont.«

»Gute Arbeit, Esel«, knurrte Milus und ließ sich in einer Ecke nieder. »Hast dich wieder als echter Held erwiesen.«

»Ach ja?«, sagte Julius zornig und wandte sich an den Löwen. »Und DU bist mit deinem ständigen JAMMERN und MURREN und STICHELN natürlich mit tollem Beispiel vorangegangen!«

»Genau!«, warf Brutus ein. »Was WILLST du überhaupt bei uns, wenn du uns doch so sehr hasst?«

»Milus hat uns mehr als einmal den Hintern gerettet«, erklärte Lucia, »und wir sollten ihm dafür dankbar sein, dass er bei uns ist!«

»Ja!«, pflichtete Cornelius diplomatisch bei. »Hätte Milus zu Hause bei seinen Freunden bleiben wollen, dann hätte er das bestimmt getan!«

Milus rollte sich wie ein Hauskätzchen zusammen. »Welche Freunde?«, murmelte er düster vor sich hin.

»Statt uns zu streiten«, fuhr Lucia fort, »sollten wir GANZ FIX überlegen, wie wir hier rauskommen!«

Sie steckten die Köpfe zusammen, um einen Fluchtplan zu schmieden, als plötzlich ein dumpfes Gepolter zu hören war.

RUMMS!!

Ich dachte, ihr könntet das hier gebrau-chen!
ARISTOPHOMS, DU SCHURKE!

»GUT GEMACHT, FELIX«, rief Julius. »ALLE AN BORD!!«

Alle Tiere sprangen aus dem Pferch und kletterten einer nach dem andern am Seil hinauf in den Bauch des Zebras.

Als auch Julius und Milus an Bord waren, streckte Felix den Kopf hinaus. »Komm mit uns, Delphine!«

»Nein!«, rief sie zurück. »Ich bin hier zu Hause! Außerdem muss ich noch ein paar Sachen klären.« Wütend nahm sie sich Aristophonis vor: »Wie kannst du es wagen, mein Vertrauen so zu missbrauchen!«, tobte sie. »Diese armen Tiere!«

»Aber, aber!«, erwiderte Aristophonis. »Ich habe doch nur unsere Herde beschützt…«

Doch noch während er das sagte, schnellte ein Kopf des Drachenungeheuers heran und schnappte ihn mit den Zähnen.

In diesem Augenblick sprang Milus zur Luke hinaus und stemmte sich gegen das hintere Ende des Holzzebras. Er rief Delphine zu: »SCHNAPP DIR DAS ANDERE BEIN!«

Die Ziege lief auf die andere Seite.

»ZIEL AUF SEINEN FUSS!«, befahl Milus. Dann schoben sie beide kräftig an.

Das hölzerne Zebra gewann rasch an Fahrt und rollte direkt auf die knorrigen Zehen des Drachen zu!

Nachdem die Rettung geglückt war, holte Milus das rumpelnde Zebra ein und packte das herabhängende Seil.

»DANKE, MEINE FREUNDE!«, rief Delphine. »ICH WERDE EUCH NIE VERGESSEN!«

Unter dem Beifall seiner Freunde kletterte Milus zurück in den Bauch des Zebras.

»Gute Arbeit, Milus«, rief Julius. »Entschuldige, dass ich an dir gezweifelt habe!«

Milus zuckte mit den Achseln. »Darüber brauchst du dir keine Gedanken zu machen – lieber darüber, wie wir verhindern können, dass dieses alberne Gefährt gleich über die Klippe stürzt.«

Als sich der Staub wieder gelegt hatte, schleppten sich die stöhnenden Tiere aus den Trümmern des Holzzebras.

»Genau, Milus!«, sagte Plinius. »Du solltest nicht alles so dramatisieren.«

Milus klopfte sich den Staub aus dem Fell. »Dramatisch hin oder her«, schnaubte er. »Einen goldenen Apfel haben wir jedenfalls immer noch nicht gefunden.«

Brutus fischte seine Perücke aus den Trümmern, klatschte sie sich wieder auf den Kopf und knurrte wütend: »Wenn ich diesen Herakles in die Finger kriege! Diese ganze Suche ist doch eine EINZIGE Zeitverschwendung!«

Julius wischte den Huf seines Bruders beiseite. »Wer hat Herakles denn die ganze Zeit in den Ohren gelegen, dass er AUCH unsterblich werden möchte?«

»Nur, weil DU so scharf darauf warst!«, gab Brutus zurück. »Aber er hat uns TOTAL übers Ohr gehauen!«

Brutus stapfte davon. »Der Mistkerl hat dich schon von WEITEM durchschaut!«, schnaubte er. »ALLES, was du anfasst, geht schief! Du solltest dir ›LOSER‹ auf die Stirn tätowieren lassen, um uns solche Katastrophen künftig zu ersparen!«

Er blickte sich zu Julius um. »Mit dir geht einfach alles schief, was nur schiefgehen kann.«

Julius stürmte hinter Brutus her und riss ihn in Rugby-Manier zu Boden. »DU UNDANKBARER MISTK…!«

»Genau!«, antwortete Brutus. »Nur dass sich alles, was Julius anfasst, in MIST verwandelt!«

Cornelius schlug sich an die Stirn. »Das IST es!«, rief er aus. »Brutus, du bist ein GENIE!«

»He, WAS SOLL DAS HEISSEN?«, protestierte Julius. »Er war gerade ein echter WIDERLING!«

»Ich weiß, ich weiß!«, erwiderte Cornelius. »Aber er könnte die Rettung für uns sein, und für unseren Freund Herakles auch!«

Julius war verwirrt. »Cornelius, was SCHWAFELST du denn da?«

»Ist das nicht offensichtlich?«

Kapitel dreizehn

...den Buckel runter

Die Stimmung auf der Reise in die Heimat von König Midas war ziemlich gereizt. Julius fühlte sich dank Brutus wie ein Versager, und das ist keine gute Voraussetzung, wenn man auf einem winzigen Schiff zusammengepfercht ist.

Julius blickte sehnsüchtig zum Segel hinauf, das im Wind flatterte. »Ich hatte gehofft, dass wir uns bei diesen Abenteuern näherkommen. Brutus benimmt sich ja oft wie ein störrischer Esel, aber manchmal ist er dann doch ein guter Freund und Bruder.«

Cornelius klopfte seinem Freund aufmunternd auf den Rücken. »Du bist der Jüngere, und er sieht, wie gut du in der Welt zurechtkommst. Kein Wunder, dass er rumnörgelt! Er ist neidisch.«

»Aber vielleicht hat er recht«, seufzte Julius. »Vielleicht habe ich uns tatsächlich einen riesen Schlamassel eingebrockt.«

»Bist du dir sicher, dass unser Kurs stimmt, Plinius?«, rief Cornelius. »Es sind jetzt schon zwei Tage seit unserem Aufbruch aus Kreta.«

»Ja! Es ist nicht mehr weit!«, piepste Plinius. »In ein paar Stunden sollten wir den Hafen von Attalea erreichen.« Er kam zu Julius und Cornelius herübergehüpft. »Wir müssen aber ÄUSSERST vorsichtig sein. In Attalea wimmelt es nur so von Römern. Vor Kurzem soll sogar Hadrian persönlich da gewesen sein.«

Er zog sich einen Umhang über. »Wir müssen gut getarnt sein«, erklärte er und zog sich die Kapuze tief ins Gesicht. »Ihr bleibt auf dem Schiff, während ich uns Pferd und Wagen für den fünftägigen Ausflug nach Phrygien kaufe. Da steht Midas' Palast.«

Wie die Maus gesagt hatte, dauerte es nur ein paar Stunden, bis sie Attalea erreicht hatten. Alle versteckten sich unter Deck, während sich Plinius auf die Suche nach einem Transportmittel machte.

»Wartet hier, wird nicht lange dauern!«, befahl die kleine Maus.

Als Plinius davongehüpft war, lugte Julius über die Bordwand, um einen Blick auf den Hafen zu werfen. Erschrocken zog er den Kopf schnell wieder zurück.

»Was ist denn?«, fragte Lucia.

»Plinius hat nicht übertrieben!«, keuchte Julius. »Da sind ÜBERALL Römer!«

Nun streckte auch Rufus seinen Kopf über die Kante.

»WAS?!«, rief Julius.

»Psst!«, warnte Cornelius. »Gerade jetzt sollten wir keinerlei Aufmerksamkeit erregen!«

»Zu spät!«, sagte Rufus und zog den Kopf wieder ein. »Da kommt jemand!«

»Plinius?«

»Römer!«

Alle blieben ganz still sitzen und lauschten. Dann hörte man lautes Klopfen an der Bordwand.

»He!«, rief jemand. »Wir müssen eure Papiere kontrollieren!«

»Verdammt!«, flüsterte Felix. »Jetzt werfen sie uns den Löwen vor!«

Dann hörten sie über ihren Köpfen an Deck Schritte. Alle erstarrten, aber Lucia sprang plötzlich auf. »Lasst mich mal machen!«, flüsterte sie.

Die beiden Soldaten zogen ihre Schwerter und richteten sie auf das Krokodil.

»Wir müssen eure Papiere sehen«, sagte der eine streng. »Ihr braucht eine Genehmigung, um hier anzulegen.«

»Mann oh Mann!« Lucia klatschte in die Hände. »Ihr seht vielleicht mitgenommen aus!« Sie deutete auf die Werbung an Segel und Bordwand. »Hier seid ihr goldrichtig!«

Bevor die Soldaten etwas sagen konnten, packte sie den einen und legte ihn flach auf den Bauch.

Der andere Soldat sah verdutzt zu. »He, komme ich auch dran? Ich habe einen richtig steifen Hals!«

»Aber natürlich!«, antwortete Lucia. Sie wandte sich zur Luke um. »VIELLEICH KÖNNTE MAL EINER MEINER ASSISTENTEN KOMMEN?«

Es polterte und man hörte flüstern: »Geh du!« und »Nein, du!«, bis schließlich Milus' Gesicht an Deck auftauchte.

»Wie kann ich dienen?«, knurrte er.

Doch dann kam Plinius mit einem ganzen Bündel Decken an Bord gesprungen. Er fiel bei dem Anblick, der sich ihm bot, fast in Ohnmacht.

Die Soldaten schoben Milus und Lucia hastig weg, sprangen auf und zogen wieder ihre Schwerter.

»IST DAS DEIN SCHIFF? WO SIND DEINE PAPIERE?«

Plinius versuchte sie sofort zu beschwichtigen. »Meine Herren! Ganz ruhig!«, sagte er. »Wie ich sehe, haben Sie schon unsere weltberühmten Dienste ausprobiert.«

Die beiden Soldaten blickten erst sich gegenseitig und dann wieder Plinius an. »Du hast eine halbe Stunde, Maus«, bellte einer, »und wenn wir wiederkommen, kümmerst du dich noch um meine Füße!« Er beugte sich ganz dicht zu Plinius hinunter. »HABE ICH MICH KLAR GENUG AUSGEDRÜCKT?«

»Glockenklar!«, erwiderte Plinius. »Deine Füße werden es dir ewig danken!«

Als die Soldaten das Schiff verlassen hatten, sank Plinius auf den Deckplanken zusammen.

Julius kam an Deck gesprungen. »Gut gemacht, ihr drei!«, lachte er. »Ich dachte schon, es ist aus mit uns!«

Plinius schnappte sich die Decken und warf sie seinen Freunden zu. »Zieht das über eure Köpfe und kommt mit. Wir müssen verschwinden, bevor die Soldaten zurückkommen.« Er sprang vom Schiff und lief die Straße hinauf. »Schnell! Folgt mir! Ich habe einen Wagen und Pferde besorgt!«

Am Ende einer Seitengasse stand ein Wagen mit zwei angeschirrten Pferden bereit.

»Springt hinten auf und verkriecht euch unter der großen Decke!«, sagte Plinius. »Wenn wir erst aus der Stadt sind, sind wir in Sicherheit.«

Kapitel vierzehn

Finger weg!

Jenseits der Stadtmauern war der Weg römerfrei. Von gelegentlichen Begegnungen mit Reisenden und Räuberbanden abgesehen verlief die Fahrt geradezu beschaulich.

Sie rumpelten mit ihrem Wagen gerade durch einen besonders dichten Wald, als Julius aufsprang und die Hufe zusammenschlug.

»Hört mal alle her!«, rief er. »Ich weiß, bis jetzt ist es nicht super gelaufen und ihr hättet alle erwartet, dass die Sache längst geschafft ist.«

»WIE AUCH IMMER!«, sagte Julius. »Jetzt haben wir nur noch wenige Stunden vor uns und könnten doch zusammen ein LIED singen, um das zu feiern!«

»Könnten wir mal KEIN Zebralied singen?«, maulte Plinius. »Wir singen nämlich IMMER blöde Zebralieder!«

Julius hob die Hufe. »Ihr könnt singen, was ihr wollt! Meinetwegen auch Mäuselieder!«

Alle zerbrachen sich für einen Moment die Köpfe auf der Suche nach einem schönen Lied.

Da kroch unversehens Hermann der Einsiedlerkrebs aus Felix' Tasche. Er krabbelte durch den Wagen nach hinten und blieb dort auf einem Heubündel stehen.

Er hielt für einen Augenblick inne und räusperte sich dann aufgeregt. Er tippte mit den Scheren einen Rhythmus und sang los.

»Eins, zwei, drei, vier, fünf, Fische tragen keine Strümpf!«

»Echt KLASSE!«, lachte Julius. »Hermann der Einsiedlerkrebs, ER LEBE HOCH!«

So verbrachten sie die nächsten Stunden mit vielen lustigen Liedern, während sich der Wald immer mehr lichtete. Schließlich kam auf einem Hügel ein weiß und golden schimmernder Palast in Sicht.

»Ooh!«, rief Julius. »Das MUSS es sein!«

Alle wandten die Köpfe.

Sie fuhren mit dem Wagen den steilen Weg hinauf und blieben vor dem gewaltigen Holzportal der Außenmauer stehen.

Julius sprang vom Wagen und musterte die riesige Tür. »Was machen wir jetzt?«, fragte er. Er wandte sich an die anderen und zuckte mit den Schultern. »Einfach klopfen?«

Milus war nach wie vor von dem Plan nicht begeistert. »Ich halte das Ganze für ausgemachten Schwachsinn«, knurrte er. »Was sollen wir ihm denn sagen? ›Entschuldigung, könnten Sie für uns vielleicht einen Apfel in Gold verwandeln? Vielen Dank!‹«

Auch Lucia war ganz und gar nicht überzeugt. »Und wenn er diese Fähigkeit gar nicht besitzt? Wenn das nur eine alberne Legende ist? Herakles bleibt ja bis jetzt auch weit hinter seinem legendären Ruf zurück.«

»Genau!«, warf Felix ein. »Vielleicht lässt er uns sogar HINRICHTEN, bloß weil wir FRAGEN!«

Felix wurde von einem lauten Knarren unterbrochen und ein Wächter blickte aus der Tür.

»Wer wagt es, an das Tor von MIDAS zu klopfen?«

»Seht ihr! Ich hab's euch gesagt!«, flüsterte Felix und duckte sich tief in den Wagen. »Jetzt werden wir alle HACKFLEISCH!«

Der Wachsoldat musterte Julius von oben bis unten, warf einen Blick auf die verängstigten Tiere im Wagen und sah Julius dann noch einmal an.

»Wartet hier«, befahl er und verschwand, wobei er die Doppeltüren mit einem lauten KNALL hinter sich schloss.

Julius wandte sich an seine Freunde und zuckte noch einmal mit den Achseln.

Nach zehn langen Minuten ging die Tür wieder auf und Julius erschrak fast zu Tode.

Der Soldat baute sich vor dem offenen Portal auf. »Seine Hoheit König Midas heißt Lord Julius und seine Gefährten willkommen und lädt sie ein, heute Abend mit ihm zu speisen.«

Julius betrat, vom Wagen gefolgt, einen großen Hof, ausgelegt mit Steinplatten voller fantastischer, komplizierter Muster. Überall wuchsen Bäume und Pflanzen aller möglichen Formen, Größen und Farben. Hier und da glänzten zwischen den Pflanzen goldene Gegenstände in der Sonne. Alle stiegen aus dem Wagen, um sich das näher anzusehen. Sie entdeckten so naturgetreu geformte goldene Tiere, dass sie aussahen, als würden sie einen jeden Moment anspringen.

»Schaut euch diese Schmuckfiguren an!«, sagte Julius. »Dieses Eichhörnchen sieht so echt aus.«

»Kommt«, befahl der Wächter. »Trödelt nicht länger. Der König erwartet euch.«

Er führte sie vom Hof in eine lange Halle mit goldenen Statuen auf beiden Seiten.

Auch Cornelius betrachtete im Vorbeigehen die Statuen. »Findest du ihre Posen nicht auch etwas seltsam?«, raunte er Julius zu.

»Wie meinst du das?«

»Nun«, fuhr das kleine Warzenschwein fort. »Statuen ehren normalerweise jemanden in feierlicher Haltung, du weißt schon – sie winken oder gucken bedeutsam.«

Als der Groschen fiel, blickten sich auch Julius und Cornelius entsetzt an. Vorsichtig traten sie von der Statue zurück und eilten den anderen nach, die schon an einer prächtigen Doppeltür angelangt waren. Der Wachmann pochte mit dem Heft seines Schwerts dagegen, dass es im langen, hohen Saal laut widerhallte.

Fast augenblicklich schwangen die Türen auf und gaben den Blick auf einen prächtigen Festsaal frei mit einem unglaublich langen Tisch in der Mitte, der schon mit Geschirr und Besteck gedeckt war.

Ein junger bärtiger Mann begrüßte sie. »Tretet ein! Tretet ein!« Er war in elegante, bunte Gewänder gekleidet und trug eine glänzende goldene Krone.

»Welch unglaubliche Ehre!«, erklärte er. »Welch. Unglaubliche. EHRE!«

Er kam direkt auf Julius zu und hielt ihm die Hand hin. »Wie aufregend, dich zu treffen, Lord Julius.« Julius zuckte zusammen und riss den Huf zurück.

Julius fasste eilig die Hand des Königs und schüttelte sie kräftig. »Nein, nein!«, sagte er. »Das Vergnügen ist ganz und gar auf meiner Seite! Ganz und gar!«

Felix raunte Brutus zu: »Warum wiederholen die alles?«

»Feine Leute machen das wahrscheinlich so«, antwortete Brutus.

Julius hatte die Hand des Königs vor lauter Aufregung immer fester gegriffen. Als Midas sie nun zurückzog, blieb der Handschuh in Julius' Huf hängen.

»Kommt, kommt!«, sagte der König und schlüpfte wieder in den Handschuh, als wäre nichts geschehen. Er wies auf die lange Tafel. »Nehmt Platz. Ihr seid offensichtlich erschöpft von der beschwerlichen Reise!«

»Ja, entschuldige, entschuldige«, stammelte Julius. »Wir, äh … sind auf dem Weg vielen Banditen begegnet. Meine Nerven sind ein bisschen angespannt.«

»Natürlich«, antwortete der König galant.

Während sich alle niederließen, schnippte König Midas mit den Fingern und sofort wurde das Essen aufgetragen.

»Ein König muss IMMER vorbereitet sein!«, sagte Midas. Er schnippte abermals mit den Fingern, worauf sich ein paar Musikanten in einer Ecke aufstellten und traditionelle griechische Lieder zu spielen begannen.

»Oh, wie schön!«, schmatzte Felix mit vollem Mund. »Noch vor einer halben Stunde haben wir auch zusammen gesungen, nicht wahr, Julius?«

»Ach, wirklich?«, fragte der König. »Was mögt ihr nur für Melodien aus Rom und Ägypten mitgebracht haben!«

»Kennst du das über die Fische und ihre Strümpfe?«, fragte Felix.

»Jetzt nicht!«, unterbrach ihn Julius hastig. »König Midas interessiert sich bestimmt nicht für die Albernheiten deines Einsiedlerkrebses!«

»Vielleicht später«, sagte der König, der noch immer froh darüber schien, dass er Gäste in seinem Palast hatte. »Aber erzähle mir von dir, Lord Julius.« Er lächelte Julius an. »Dein Ruhm ist bis in die entlegenen Hügel Phrygiens gedrungen!«

Midas nippte an seinem Wein. »Stimmt es, dass du den römischen Spitzbuben Hadrian ZWEIMAL besiegt und dazu noch Ägypten regiert hast? Sehr eindrucksvoll, muss ich sagen.«

Im Saal wurde es augenblicklich still und Julius verschluckte sich an einem Salatblatt. »Gute Güte, NEIN!«, stotterte er. »ÜBERHAUPT nicht!« Er schnappte sich eine Serviette und wischte sich nervös das Gesicht ab.

Der König blickte ihn eindringlich an, lächelte dann, begann zu kichern und schließlich laut zu lachen. »HA HA HA HA HA HA !!!«, donnerte er und schlug Julius auf den Rücken. »DEIN GESICHT! UNBEZAHLBAR!!«

Julius und seine Freunde lachten unbehaglich mit, blickten einander an und fragten sich, was so lustig war.

»Ha ha ha!«, lachte Julius angestrengt. »Da hast du mich drangekriegt!«

Plötzlich hörte der König auf zu lachen. »Aber sag ehrlich – warum SEID ihr hier?«

»Nun, du musst wissen«, sagte Julius, stopfte sich noch ein Salatblatt in den Mund und blickte beklommen zu seinen Freunden. »Wir waren in Griechenland, um Ferien zu machen …«

»Ferien?«, wiederholte Midas verwirrt.

»Ja, Ferien«, bestätigte Julius. »Wir haben uns Kreta ein bisschen angesehen, sind in einem Badehaus gewesen …«

Plinius winkte. »Meinem Badehaus!«

Midas zog eine Augenbraue hoch und nickte.

»Und da haben wir uns gefragt«, fuhr Julius fort, »welche große griechische Legende wir besuchen könnten.«

»Was du nicht sagst!«, sagte Midas.

»Und wir alle sagten: ›Ja, eine großartige Idee!‹, und deshalb sind wir jetzt hier!«

»Nun, ich bin froh darüber und danke euch für eure Gesellschaft.« Midas hob das Glas und trank noch einen Schluck.

Seufzend ließ er sich gegen die Stuhllehne sinken. »Wir bekommen nicht viele Besucher«, sagte er, »aber meine Gabe« – er hielt die Hand mit dem Handschuh hoch – »oder sollte ich sagen, mein FLUCH lockt allerlei seltsame Gestalten an…«

Wieder wurde es still im Saal.

»Dann, äh, dann *stimmt* es also?«, fragte Julius. »Bist du tatsächlich mit dem Goldfluch belegt?«

Midas blickte Julius tief betrübt an. »Ja«, hauchte er. »Und es ist nicht leicht.«

Er hielt eine Hand hoch. »Diese bleigefütterten Handschuhe helfen zwar, aber sie halten den Fluch nicht immer verlässlich im Zaum.«

»Und weißt du«, sagte Midas, »das Schlimmste – du wirst das verstehen, Julius – sind Leute, die von mir

FORDERN, dass ich Dinge in Gold verwandle, als wäre ich eine Art ZIRKUSAFFE!«

Julius lachte gezwungen. »Oh, äh, meine Güte! Ha ha ha!«, stotterte er. »Das muss ja SCHRECKLICH sein!«

»Vielleicht habt ihr ja meine Sammlung von jenen gesehen, die es wagten, mich um eine solche Vorstellung zu bitten!«

Julius blickte sich ängstlich zu Cornelius um.

In diesem Augenblick erhob sich Brutus am anderen Tischende und hielt einen großen grünen Apfel im Huf. »Wo wir gerade dabei sind«, begann er, ließ den Apfel in die Höhe schnellen und fing ihn wieder auf.

»Ja?«, fragte Midas mit gerunzelter Stirn.

»Siehst du diesen Apfel?«

»Was ist damit?«, knurrte Midas.

»BRUTUS!«, rief Julius. »Nicht jetzt!«

»Interessant…«, murmelte Midas.

»WIE AUCH IMMER!«, rief Julius und hob seinen Weinkelch. »Trinken wir auf uns arme Prominente und die lästigen Fans!«

Midas leerte seinen Kelch, stand auf und begann, sich im Takt der Musik zu wiegen. »Komm, Julius!«, rief er. »Tanz mit mir!«

Julius verschluckte sich schon wieder. »Was?! WIRKLICH?«

»JA! JA!!«, lachte Midas. »Ihr ALLE! Hier in Phrygien ist es Sitte, nach dem Essen zu tanzen!«

»Das muss ich sehen!«, meinte Milus schmunzelnd und machte es sich auf seinem Stuhl bequem.

»Du auch, Löwe!«, sagte Midas und zog das widerstrebende Raubtier unsanft von seinem Sitz.

So hatte ich mir den Abend wirklich nicht vorgestelllt!

Kapitel fünfzehn

Goldjunge

»Wie spät ist es?«, fragte Julius.

Cornelius sah aus einem nahen Fenster hinauf zu den Sternen. »Ziemlich sicher nach Mitternacht.«

»So lange bin ich bestimmt noch NIE aufgeblieben«, gähnte Julius.

In der Ecke spielten die Musiker immer noch ihre Volksweisen und Felix, Plinius und Rufus machten groteske Verrenkungen bei dem Versuch, wie Griechen zu tanzen.

»Jungs!«, rief Julius. »Gönnt den armen Musikern mal eine Pause und setzt euch zu uns!«

Die Tiere kamen widerwillig an den Tisch und setzten sich, während die Musiker zusammenpackten, sich verabschiedeten und ins Bett gingen.

Brutus, der seinem Bruder gegenübersaß, beugte sich über den Tisch und flüsterte: »Und? Tun wir es jetzt, oder was?«

»Was denn?«, flüsterte Julius zurück und hob den Huf, damit Brutus leise blieb.

»Was wohl? Dafür sorgen, dass er einen Apfel berührt!«, sagte Brutus. »Deshalb sind wir doch hier, oder?«

»Du hast ihn doch gehört«, zischte Julius. »Er mag es nicht, wenn man will, dass er seine Gabe vorführt. Hast du nicht die ›Statuen‹ draußen gesehen? Wir müssen es irgendwie anders machen.«

Brutus schnaubte und ließ sich in seinen Stuhl zurückfallen. Er blickte Julius böse an und stopfte sich Trauben in den Mund. Dann sprang er plötzlich auf den Tisch, schnappte sich einen Apfel und schoss auf den schlafenden Midas zu.

Brutus sprang neben Midas vom Tisch herunter. »Ich tue es jetzt!«, verkündete er. »Wir sind doch nicht Hunderte von Meilen gereist, bloß um hier zu schräger Musik zu tanzen!« Er bückte sich neben Midas' Stuhl und begann, an einem seiner Handschuhe zu ziehen.

Julius war außer sich vor Entsetzen. »BRUTUS!«, zischte er laut. »Lass das, sonst vergesse ich mich!«

Da sprang Milus auf den Tisch und ging mit einem Speer auf Brutus los.

Brutus blickte Milus gleichgültig an, zog den Handschuh mit einer flinken Bewegung herunter und warf ihn über seine Schulter.

Alle stöhnten auf, als Milus den Speer gegen Brutus' Kehle presste. Ohne mit der Wimper zu zucken hielt Brutus einen goldenen, schimmernden Apfel in die Höhe. »Hier!«, sagte er und warf ihn Milus zu. »Geschafft. Jetzt können wir gehen!«

Milus betrachtete den Apfel. »Ziemlich eindrucksvoll, ich muss schon sagen, Esel.« Er warf ihn Julius zu.

Auch Julius musterte den Apfel und blickte verärgert zu Brutus auf. »Hirnloser Idiot! Du wirst uns alle umbringen!«

Er steckte den Apfel in seine Rocktasche und erhob sich langsam vom Stuhl. Zum Glück schlief Midas immer noch fest.

Felix und Rufus gingen neugierig zu ihm hin. »Zeig, wie du es gemacht hast!«, bettelte Felix. »Wir wollen es auch sehen!«

»Nein!«, ging Julius dazwischen. »Wir stecken schon tief genug in Schwierigkeiten. Wir müssen VERSCHWINDEN!«

Felix hörte nicht auf ihn, schnappte sich eine Banane aus der Fruchtschale und hielt sie Midas an den nackten Finger.

Rufus wollte auch nicht zurückstehen und suchte nach etwas anderem, das sich in Gold verwandeln ließ. Er schnappte sich Brutus' stinkende Seetangperücke und streifte damit Midas' Hand. Sie verwandelte sich in pures Gold.

»He, du Mistkerl, das ist meine«, beschwerte sich Brutus. Aber als er sie Rufus wegnehmen wollte, blieb er mit dem Huf an Midas' Daumen hängen und verwandelte sich sofort in eine goldene Statue.

Alle waren wie erstarrt, als sich plötzlich die Türen öffneten und der Wächter hereinkam.

»Die Gastgemächer sind bereit ...« Er blieb abrupt stehen und versuchte zu begreifen, was er sah. »WAS IM NAMEN DES ...«

»Wir müssen gehen, und zwar JETZT. Sonst sind wir ALLE tot.«

Kapitel sechzehn

Brüder durch dick und dünn

Julius, Milus und Rufus fassten alle mit an und schleppten Brutus Richtung Tür.

»Nicht zu fassen!«, schrie Julius. »Er wiegt mindestens eine TONNE!«

Lucia lief zu einem Fenster und riss einen langen roten Samtvorhang herunter, dass die Gardinenringe nur so flogen.

Sie schleifte den Vorhang zu Brutus und sagte: »Legt ihn hier drauf.«

Während sie Brutus durch die Tür hinaus in die Halle zerrten, begann sich Midas zu rühren. »W… wo sind alle hin …?«, brabbelte er verschlafen.

Lucia und Rufus schlugen die Türen zu; Lucia fädelte einen Speer durch die Griffe und versperrte so den Durchgang.

»SCHAUT EUCH DIE TÜREN AN!«, schrie Rufus.

Alle drehten sich um und wollten sehen, was die Giraffe meinte.

»SIE SIND ZU GOLD GEWORDEN!«, quiekte Cornelius.

Aus dem Festsaal dröhnte lautes Gebrüll, als Midas begriff, was geschehen war.

»WENN ICH EUCH IN DIE FINGER KRIEGE!«, schrie

er. »DANN WERDET IHR GENAUSO IN MEINER STATUENSAMMLUNG LANDEN WIE ALL DIE ANDEREN DIEBISCHEN SCHURKEN!

»Geht das nicht irgendwie schneller?«, keuchte Julius. »Ich will nicht auch als Statue enden!«

»Erst müssen wir ihn diese Treppe hinunterschaffen!«, sagte Lucia.

»Brecht bloß nichts von ihm ab!«, rief Julius panisch. »Er ist zwar ein Idiot, aber er ist MEIN Idiot!«

Sie bugsierten Brutus behutsam bis an die oberste Stufe.

»Vorsichtig jetzt«, sagte Julius. »Eine Stufe nach der anderen!«

Alle knieten sich hinter Brutus und warteten auf das Kommando.

»Schnell!«, drängte Cornelius. »Die Wachen werden jede Sekunde hier sein!«

»Eins«, sagte Julius, »zwei … DREI!

Alle rannten hinter dem goldenen Brutus her und versuchten ihn festzuhalten, bevor er noch mehr Schaden anrichtete.

»PACKT IHN!«, schrie Julius. »SONST VERLIERT ER NOCH EINE NASE ODER EINEN ARM!«

Als Brutus auf die Tür zurollte, tauchten plötzlich drei Wachleute auf und riefen: »STEHEN BLEIBEN, WENN EUCH EUER LEBEN LIEB IST!«

Julius klatschte in die Hufe. »Gut gemacht, Brutus!«

»Irre ich mich«, sagte Milus, »oder ist Brutus als Statue viel nützlicher als vorher als lebendiges Zebra?«

Alle eilten durch die geborstenen Türen und sahen, dass Brutus mitten auf dem Hof liegen geblieben war.

»Wo ist unser Wagen?«, rief Julius panisch. »Wir müssen so schnell wie möglich weg von hier!«

»Keine Sorge!«, sagte Plinius, der sofort zur Stelle war. »Pass auf!«

In Windeseile tauchten wie aus dem Nichts Pferde und Wagen auf.

»Gut gemacht!«, rief Julius erleichtert.

»Bei Pferden und Wagen gibt's die Pfeiffunktion heutzutage immer gratis dazu«, verriet Plinius. »Wir leben wirklich in der Zukunft!«

Als Brutus endlich aufgeladen war, sprangen auch die anderen auf den Wagen und Plinius ließ die Zügel schnalzen. »Hü!«, rief er. »Und jetzt zurück zum Hafen!«

Als sie davonjagten, hörten sie hinter sich lautes Rufen.

»Als ob wir mit Rom nicht schon GENUG Probleme hätten!«, seufzte Julius. Er legte den Huf vorsichtig auf den goldenen Brutus. »Ach, Bruder, da hast du uns ganz schön in Schwierigkeiten gebracht …«

»Nun, ETWAS Gutes hat er zumindest getan, bevor er … äh … gegangen ist«, sagte Cornelius.

Julius blickte nicht auf und streichelte weiter seinen Bruder. »Nein, Cornelius«, sagte er leise. »Die Suche ist noch längst nicht vorbei.«

»Wie meinst du das?«, rief Cornelius. »Wir haben doch den Apfel!«

»Ja, aber ich habe meinen Bruder verloren«, erwiderte Julius. »Und ich will ihn zurückhaben!«

»Ihn zurückhaben? WIE?? «

»Wenn mein Bruder tot ist, dann muss er schon im Hades sein.«

Kapitel siebzehn

Reise in die Unterwelt

Die Reise in die sagenumwobene Unterwelt war nicht gerade einfach, aber Julius erinnerte sich noch daran, dass Herakles gesagt hatte, es seien schon Menschen von dort gerettet worden. Also war es möglich!

Nach vielem Suchen und Herumfragen in Attalea und dann auch zu Hause bei Plinius in Kreta waren die Tiere auf eine alte Karte gestoßen, die angeblich den Weg zum Hades beschrieb.

»Ich weiß«, antwortete Julius, »aber wir haben keine andere Wahl.« Er blickte in die Wolken, die sich immer dunkler zusammenballten. »Wenn Herakles sagt, Leute können aus dem Hades gerettet werden, dann müssen wir es versuchen!«

Übers Meer blies ein kalter Wind und an Deck zogen alle ihre Decken enger um Köpfe und Schultern. Sie hatten die Mündung eines dunklen Flusses erreicht, der auf der Karte eingezeichnet war.

Der Fluss schlängelte sich im Nebel durch eine abweisende Landschaft und aus Baumruinen riefen ausgezehrte Krähen zu ihnen herunter. Alle griffen kampfbereit zu ihren Schwertern.

Als sie langsam um eine weitere Biegung fuhren, weitete sich das Gewässer zu einem pechschwarzen See.

»Jetzt bin ich mir VOLLKOMMEN sicher, dass wir am richtigen Ort sind«, ächzte Felix.

In der Ferne tauchte ein Steg auf, an dessen Ende ein kleines Boot festgemacht war.

Cornelius blickte auf die Karte. »Da müssen wir hin«, befahl er.

Sie kletterten hinaus auf das knarrende, wackelige Bauwerk.

»Passt auf!«, warnte Julius. »Diese Planken sind alle morsch!«

Vorsichtig liefen sie bis zu dem kleinen Ruderboot mit seinem rätselhaften Passagier.

Julius trat ängstlich an die unter einer Kapuze verborgene Gestalt heran. »Entschuldigung, bist du der Fährmann?«

Cornelius prüfte noch einmal die Karte. »Er heißt Charon«, flüsterte er.

Julius räusperte sich. »Bist du der, den man Sharon nennt?«

Die Gestalt schwieg und rührte sich nicht. Nur das leise Plätschern des Wassers durchbrach die Stille.

Julius wandte sich achselzuckend zu den anderen um. Dann versuchte er es noch einmal. »Entschuldigung…«

Wie eine Brise wehte eine eisige Stimme über den See.

Julius zog sich die Decke noch fester um die Schultern und machte leise *brrr.* »Entschuldige«, sagte er. »Was hast du gesagt?«

Es dauerte eine Weile, bis das nächste eisige Flüstern aus der Kapuze hervordrang. »Mein Name ist *Charon.*«

»Ich habe eine Tante Sharon!«, bemerkte Felix.

Julius drehte sich um, sah Felix an und legte den Huf an die Lippen.

»Hör zu, Sharon«, sagte Julius vorsichtig. »Ich muss über diesen See, um meinen Bruder zu finden, und es heißt, du könntest mir dabei helfen.«

Zur Antwort streckte ihm Charon seine Knochenhand hin.

»Wir müssen ihn bezahlen!«, sagte Cornelius.

Julius zeigte ihm den goldenen Apfel. »Reicht das?«

»Nein, Julius!«, zischte Cornelius. »Gib ihm doch eine Münze.«

»Das ist alles, was ich habe«, antwortete Julius. »Außerdem, was soll ich damit, wenn ich meinen Bruder nicht zurückbekomme?«

Julius legte Charon den goldenen Apfel vorsichtig in die Hand.

Charon hob den Apfel an die Kapuze und hielt ihn dort, als würde er ihn untersuchen. Dann legte er ihn neben sich.

Es entstand eine lange, unbehagliche Pause.

»Ist das ein JA?«, fragte Julius schließlich.

»Ich glaube schon!«, sagte Cornelius.

Als sie alle saßen, ruderte Charon langsam auf den See hinaus.

Runter von meinem Bein!
Ich falle gleich raus!
Rutsch mal!

Julius war erstaunt, wie spiegelglatt die Wasseroberfläche war. Nur ihr Boot schlug feine Wellen. Sonst war überhaupt nichts zu hören: keine Vögel am Himmel und kein Windrauschen. Nur das stetige Plätschern der Ruder durchbrach die Stille.

Bald schon schälte sich ein Ufer wie ein bedrohlicher Schatten aus dem Nebel. Als sie näher kamen, erkannte Julius eine bergige, Unheil verkündende Landschaft ohne Farbe und ohne Leben. Zwischen geborstenen Felsen reckten tote Bäume ihre knorrigen Äste in die Höhe.

Charon hörte auf zu rudern und sie glitten an den Strand. Alle stiegen im flachen Wasser aus und wateten an Land.

Als Julius am Fährmann vorbeikam, hielt ihn dieser am Arm fest.

Er zog Julius näher zu sich. »Nimm diese Leier«, zischte er und reichte ihm ein kleines Saiteninstrument. »Das wird selbst die finstersten Seelen besänftigen.«

Julius wollte schon weiter, aber Charon hielt ihn noch immer fest. »Wenn du deinen Bruder findest«, hauchte er, »dann sieh dich nicht nach ihm um, wenn du durch das Tor gehst, nicht, bis du mein Boot erreichst.«

»Danke, Charon«, sagte Julius und schluckte.

Kapitel achtzehn

Entgeistert

»Also«, sagte Julius und stapfte bergan. »Wir sollten das so schnell wie möglich hinter uns bringen. Ich will auf keinen Fall länger als nötig hier bleiben.«

Er zeigte auf das Tor in der Ferne. »Sharon sagt, dass wir Brutus dort finden, also los!«

Felix hielt einen kleinen, runden, grauen Stein in die Höhe. »Ich kann doch nicht das Jenseits besuchen, ohne einen Stein mitzunehmen. Das würde ich mir nie verzeihen!«

Aus dem Augenwinkel sah Julius zwischen den Felsen und Bäumen hinter Felix einen Schatten vorbeihuschen.

»Du kannst gerne hier bei den Geistern und Dämonen bleiben«, sagte Julius, »wenn dir das lieber ist!«

Felix fuhr herum und sah die unheimliche Gestalt. Sofort sprang er auf und stopfte den Stein in seine Tasche.

Sie flitzten den anderen hinterher, die sich schon vor dem uralten, verfallenen Steintor zusammengekauert hatten.

Julius lief auf dem Weg an ihnen vorbei. »Kommt schon!«, rief er. »Was verkriecht ihr euch hinter den Felsen? Zum Trödeln haben wir keine Zeit!«

»Ein großer Hund?!«, rief Julius erschrocken und blieb so abrupt stehen, dass der Kies aufspritzte. Er lief zurück zu Cornelius hinter den Felsblock. »Sharon hat nichts von einem Wachhund gesagt!«

»Das ist auch kein gewöhnlicher Hund«, erklärte Cornelius.

»Aber wir sind zu siebt«, rief Julius aus. »Also sollten wir doch mit einem Hund fertigwerden, oder?« In diesem Moment hörte Julius vom Tor her lautes Schnüffeln und tiefes Knurren. Er linste am Fels vorbei, um zu sehen, was genau das war.

Grrr!
Was ist das bloß mit den ganzen mehrköpfigen Ungeheuern?

Ufff!

»Nun, das war's dann wohl!«, seufzte Julius und ließ sich hinter den Stein sinken. »DARAN kommen wir NIE vorbei!«

Lucia kam und setzte sich neben ihren Freund. »Ach Julius, irgendeinen Weg gibt es doch IMMER!«

Julius war dankbar für den Trost, schüttelte aber den Kopf. »Ich weiß, dass du sonst immer ein Hintertürchen findest, Lucia, aber ich glaube, diesmal ist es wirklich aus.«

Lucia wollte nichts davon wissen. Sie hob die Leier auf, die Charon Julius gegeben hatte. »Und wozu ist das gut?«

»Ach, Sharon sagt, man soll sie spielen, um ›die finstersten Seelen zu besänftigen‹ oder so.«

»Hm …«, machte Lucia und zupfte an den Saiten. Sofort erklang wie von selbst eine schöne Melodie.

Milus, der hinter einem Felsblock neben ihnen saß, schlief sofort ein und begann zu schnarchen.

»He! Was ist denn mit unserem Griesgram los?«, fragte Plinius und zeigte auf Milus. »Einfach so weggeratzt!«

Julius nahm die Leier und sah sie sich genau an. »Das. Ist. GROSSARTIG!«

Julius duckte sich weiter vorn hinter einen breiten Felsen und wartete, bis der große Hund, der vor dem Tor auf und ab ging, in seine Richtung kam. Als das Schnüffeln und Knurren lauter wurde, sprang Julius hervor und begann vor dem Ungeheuer die Leier zu spielen.

Die Kreatur blieb stehen und sofort wurden ihre Lider schwer. Die beruhigende Melodie verfehlte auch hier nicht ihre Wirkung!

Da beschloss Julius, bei der Melodie mitzusingen, um die Sache zu beschleunigen.

Unglücklicherweise weckte Julius' näselndes Gejaule das Wesen wieder aus seinem Schlummer. Mit gewaltigem GEBRÜLL schüttelte es seine drei Köpfe und wandte sich mit wütenden roten Augen zu Julius um.

»HÖR AUF ZU SINGEN!«, quiekte Cornelius. »DU REGST IHN AUF!!«

»Mich auch!«, maulte Plinius und stopfte sich die Pfötchen in die Ohren.

»NICHT nett!«, schnaubte Julius, hielt aber den Mund und ließ die Leier alleine spielen.

Das Ungeheuer entspannte sich, sank auf den Bauch und dämmerte wieder weg.

Julius schlich hinüber, um ganz sicher zu sein.

Er winkte alle heran und sie schlichen sich an der schlafenden Kreatur vorbei.

Hinter dem Tor lag eine Welt aus alten, verfallenen Ruinen und längst abgestorbenen Bäumen. Der Nebel war hier dichter und bedrückender und die feuchte Kälte drang ihnen bis in die Knochen.

»Wie in aller Welt sollen wir ihn HIER finden?«, klagte Julius. Verzweifelt rief er nach seinem Bruder.

Julius' Stimme hallte durch die Düsternis, aber es kam keine Antwort. Auch einige der anderen fingen an, nach Brutus zu rufen, während sie durch den Nebel wanderten.

Als schon alles verloren schien, rief plötzlich Rufus, der vor einer Gruppe knorriger Baumstümpfe stand:

»Hier drüben, Julius! Ich glaube, ich sehe jemanden!

Alle liefen zu Rufus, und tatsächlich schien eine Gestalt aus dem Zwielicht auf sie zuzukommen.

»Brutus?!«, rief Julius aufgeregt. »Bist du das?«

Als die Tiere erschrocken fliehen wollten, sahen sie weitere Skelette in zerlumpten Waffenhemden und Rüstungen herankommen.

»KÖNNTET IHR BITTE STILL SEIN!!«, brüllten sie und schwenkten ihre rostigen Schwerter und Speere.

Überall Klapper-männer!
Wo ist Brutus?!

Ich wusste, das war keine gute Idee!

So furchterregend sie auch wirkte, bereitete die Skelett-Armee Julius und seinen gut trainierten Freunden keine Schwierigkeiten.

»Das ist ja kinderleicht!«, lachte Rufus, während er zwei Knochenmänner gleichzeitig vermöbelte.

Lucia sprang von den Ruinen herunter und zersprengte die Untoten in Kleinteile. »Ja, aber es sind SO viele!«

Der arme Julius war kurz vorm Verzweifeln. »Das hält uns nur von unserer Aufgabe ab!«, schrie er. »Wir müssen von dieser Skeletthorde wegkommen!«

»Das finde ich auch!«, rief eine vertraute Stimme.

Julius drückte seinen schmerzlich vermissten Bruder an sich.

»He!«, protestierte Brutus und versuchte ihn wegzuschieben. »Was machst du denn?!«

»Was *ich* mache?«, lachte Julius. »Was machst DU?! Wie hast du uns gefunden?«

»Ich weiß nicht genau«, sagte Brutus und rieb sich den Kopf. »In einem Moment verwandle ich Äpfel in Gold und im nächsten stecke ich plötzlich an diesem miesen Ort mit diesen lausigen Gestalten fest!«

Brutus stieß das Skelett von sich und packte Julius verzweifelt an der Schulter. »Bruder, wo SIND wir hier nur?«

»Frag lieber nicht!«, antwortete Julius. »Komm, wir müssen weg!«

Julius sprang auf einen großen Felsblock und hielt sein Schwert in die Höhe. »Gute Neuigkeiten! Ich habe Brutus gefunden!«, rief er. »Hauen wir ab und dann nichts wie zurück zu Sharon!«

Während die anderen davonrannten, steckte Brutus noch in einem Gewirr von Skeletten fest. »JULIUS!«, rief er atemlos. »LASS MICH NICHT IM STICH!«

Julius kehrte um und befreite ihn aus dem Gedränge. »Hier lang, Brutus. Ich werde dich nicht noch ein zweites Mal verlieren!«

Er legte den Arm um seinen Bruder und führte ihn von den wütenden Skeletten fort in Richtung des Steintors. Als sie sich dem Ausgang näherten, suchte Julius am Wegrand Deckung.

»Vorsicht hier«, warnte er. »Ein dreiköpfiger Hund hält Wache!« Er spähte hinter einer alten Säule hervor. »Hoffentlich schläft er noch.«

Bevor er aber durch das Tor ging, fiel ihm Charons Warnung wieder ein.

Julius atmete tief durch, bevor er durch das Tor rannte und weiter am schnarchenden Riesenhund vorbei. »Hier entlang, Brutus!«, rief er und achtete tunlichst darauf, nicht zurückzusehen. »Wir sind gleich da!«

Aber Brutus antwortete nicht.

Julius wurde nervös. *Was, wenn ihn die Gerippe wieder erwischt haben?*, dachte er. *Wie soll ich ihm helfen, wenn ich nicht zu ihm zurückschauen darf?* Aber Julius blickte nicht zurück, denn wer WUSSTE schon, was dann passierte? Wieder rief er nach seinem Bruder: »He, Brutus, was wird Mama wohl sagen, wenn sie von unseren verrückten Abenteuern hört?«, lachte er. »Sie wird in die Luft gehen, was Brutus?«

Wieder keine Antwort.

Es geschah nichts, und Julius konnte es kaum noch ertragen. *Wenn mein Bruder nun wirklich in Schwierigkeiten ist?*, dachte er. *Ich würde mir nie verzeihen, wenn ich ihn an diesem furchtbaren Ort zurücklasse!* Julius blieb stehen. *Was kann schon Schlimmes passieren, wenn ich zurücksehe?*

Also drehte er sich um. »Brutus, alles in Ordnung?«

Und dort war Brutus, offenbar in bester Verfassung. Er lief hoch konzentriert hinter Julius her und popelte in der Nase.

Doch dann, als Brutus den Popel an einem Stein abwischte, nahm er plötzlich eine seltsame graublaue Farbe an. »He! Was ist denn jetzt los?!«, rief er.

Brutus streckte seinen Huf in Julius' Richtung, aber da war er auch schon verschwunden wie eine Rauchfahne im Wind.

Kapitel neunzehn

Ende der Reise

Niedergeschlagen ging Julius zum Boot zurück.

»Wo ist Brutus?«, fragte Cornelius.

»Weg«, entgegnete Julius.

»Weg?«, rief Cornelius erschrocken. »Weg wohin?«

Julius kletterte ins Boot und sank gegen die Bordwand.

»Schon klar«, schnauzte Julius. »Alter Besserwisser!«

Lucia sprang auf und zog ihr Schwert. »Los, worauf warten wir noch?« Sie sprang ins Wasser und watete ans Ufer. »Wir holen ihn zurück!«

Charon stieß ein eiskaltes Zischen aus. »Die Lebenden dürfen das Tor des Hades nicht zweimal durchschreiten.«

Alle schauderten, denn Charons Worte waren wie ein eisiger Windhauch.

»Ich wette, er ist der Star auf allen Partys«, flüsterte Plinius Milus zu.

Widerwillig kehrte Lucia zu ihren Freunden zurück und Charon ruderte das kleine Boot wieder über den düsteren See.

»Wir haben komplett versagt«, seufzte Julius. »Wir haben Brutus verloren und jetzt haben wir nicht einmal mehr den goldenen Apfel!«

Schließlich erreichten sie das Ufer und waren froh, dass ihr Schiff dort noch immer auf sie wartete.

Julius dankte Charon und sie gingen alle hinüber, in Gedanken schon bei der langen Heimreise. Alle sprangen an Bord, doch als sie gerade ablegen wollten, rief jemand, sie sollten warten.

Eine Gestalt lief über die knarrenden Planken des Steges auf sie zu. Doch Julius musste enttäuscht feststellen, dass es nicht Brutus war.

»Felix, du Armleuchter!«, rief Julius wütend. »Kannst du mal für eine Minute an etwas anderes denken als an deine alberne Steinsammlung?«

Felix hüpfte an Bord und blickte aufs Wasser hinaus. »Ich habe aber gar keine Steine gesammelt!«, sagte er.

Sie hissten das Segel und die schwache Brise trug sie zurück zum Fluss Styx.

Lucia wollte sich aber noch immer nicht damit abfinden! »Das KANN doch nicht sein!« Sie sprang auf und riss Julius das Ruder aus den Hufen. »Los, Julius. Vergiss den ganzen düsteren und schwachsinnigen Quatsch von Charon«, meinte sie trotzig. »Wir holen jetzt deinen Bruder, und KEINER wird uns davon abhalten!«

»DÜRFEN wir das überhaupt?«, jammerte Felix. »Wird Sharon dann nicht sauer auf uns sein?«

»Das ist das Letzte, das uns kümmern sollte«, murmelte Cornelius und äugte argwöhnisch zum Himmel hinauf, wo sich ein Sturm zusammenbraute.

Als sie das andere Ufer erreichten, sprang Lucia ins Wasser und lief auf den Weg zu.

Julius und die anderen sprangen aus dem Boot und paddelten an Land. »Ich habe ein ziemlich ungutes Gefühl bei der Sache«, flüsterte Cornelius. »Wir müssen sie aufhalten!«

Aber es war schon zu spät. Als Lucia das Tor erreichte, war eine donnernde Stimme zu hören.

Der Boden bebte so stark, dass alle hinfielen.

Die tiefe, laute Stimme klang sehr wütend. »WER WAGT ES, MEIN REICH ZU VERLASSEN, UND VERSUCHT DANN, EIN ZWEITES MAL DAS TOR ZU DURCHSCHREITEN?«

Lucia lief zurück zu ihren Freunden, die alle zitternd am Boden lagen.

»Wo kommt diese Stimme überhaupt her?«, fragte Felix.

Cornelius, der sich hinter einem Felsblock versteckte, zeigte zitternd nach oben. »D-d-dort!«, stotterte er.

Bei den Göttern! Wer ist das? Der ist RIESIG!!

»Das muss Hades persönlich sein!«, antwortete Cornelius. »Der Gott der Unterwelt.«

»Hades, Gott des Hades«, sagte Julius. »Zum Glück ist das kein bisschen verwirrend.«

»Wenn ich wieder daheim bin«, lachte Felix, »dann bin ich auch Felix, Herr des Felix!«

»RUHE!«, donnerte Hades. »IHR SEID DIEJENIGEN, DIE ES WAGEN, IN MEINER WELT ZU KOMMEN UND ZU GEHEN, WIE ES EUCH PASST!«

Der riesige Gott reckte seinen Stab in die Höhe und ließ ihn dann auf die Erde niedersausen. Es blitzte gewaltig und plötzlich befanden sich die Tiere in einem Metallkäfig, der mitten in der Luft hing.

»KEIN STERBLICHER, DER DIE UNTERWELT ZWEIMAL BETRITT, BLEIBT AM LEBEN!«, donnerte Hades. »FÜR DIESES VERBRECHEN WERDE ICH EUCH AUF EWIG IN DIE KREISE DER HÖLLE VERBANNEN!«

Als Hades seinen Stab hob, um das Urteil auszuführen, streckte Julius die Hufe aus dem Käfig, um den Gott auf sich aufmerksam zu machen. »HALT! HALT!«, rief er und schwenkte die Arme. »Wir sind zwar Sterbliche, aber schuld an alldem ist ein UNSTERBLICHER wie du selbst!«

Hades hielt seinen Stab hoch erhoben, stutzte für ein paar Sekunden und senkte ihn dann sehr langsam.

»SPRICH RASCH, PFERDE-KREATUR, MEINE GEDULD GEHT ZU ENDE!«

»Es war Herakles«, schrie Julius. »Er hat uns überredet!«

»HERAKLES?«, schnaubte Hades. »DAS HÄTTE ICH MIR DENKEN KÖNNEN!«

»EINE AUFGABE?«, fragte Hades leicht verwirrt.

»DIE AUFGABEN HAT ER DOCH SCHON VOR ÄONEN ERFÜLLT. WAS FÜHRT ER NUN WIEDER IM SCHILDE?«

Wieder reckte er den Stab hoch und ließ ihn donnernd niedersausen. Ein riesiger Blitz zuckte über den Himmel und der Boden zitterte. Alle Tiere schrien, denn sie dachten, sie würden jetzt zur Hölle fahren. Zu ihrer großen Erleichterung saßen sie aber noch immer in ihrem Käfig.

Unter ihnen tauchte jedoch eine vertraute Gestalt auf.

»Da ist er!«, rief Julius. »Seinetwegen suchen wir nach einem goldenen Apfel! Er sagte, sein Vater Zeugs braucht den!«

»Wie kannst du es wagen!«, erwiderte Herakles. »Ich habe WIRKLICH danach gesucht, oder hatte es vor, sobald mein schlimmes Knie wieder besser ist.« Er schlackerte für alle sichtbar mit seinem Bein. »Schaut nur, ich habe es mir auf der Flucht vor diesem schrecklichen Talos verdreht!«

»Ja, das haben wir, aber nicht dank dir!«, schnaubte Julius.

»Dann gebt ihn her!«, rief Herakles und streckte sich zum Käfig hinauf. »Ich brauche ihn sofort!«

»Da hast du leider Pech«, sagte Julius. »Dank deines sinnlosen Auftrags haben wir meinen Bruder in der Unterwelt verloren.«

Herakles machte ein betrübtes Gesicht. »Das tut mir wirklich leid«, sagte er. »Dein Bruder war ein gutes Zebra.«

»Jetzt wollen wir mal nicht übertreiben …«, murmelte Milus.

»Deshalb haben wir Sharon den Apfel gegeben!«, sagte Julius.

»Wem?!« Herakles schnappte nach Luft.

»HERAKLES, ZUM WIEDERHOLTEN MAL STEHST DU VOR MIR UND WIRST DES VERRATS UND DER TÄUSCHUNG ANGEKLAGT!«

»Aber Onkel, so war es nicht, das schwöre ich!«, flehte Herakles.

»SCHWEIG!«, donnerte Hades. »ZU OFT SCHON HAT MAN DICH VERWARNT, WEIL DU SCHULDEN ANGEHÄUFT UND DANN ANDERE NACH SCHÄTZEN AUSGESANDT HAST, UM DEINE RECHNUNGEN ZU BEGLEICHEN.«

»SO KANN ES NICHT WEITERGEHEN, DESWEGEN HABE ICH MIR ETWAS AUSGEDACHT, DAS DICH EINE WEILE BESCHÄFTIGEN WIRD«, fuhr er fort.

»ZUFÄLLIG WEISS ICH VON EINER ZWEITEN AUFGABE, DIE DU NICHT VOLLENDET HAST …«

»NEIN, DU TROTTEL, DU MUSST DEN AUGIASSTALL AUSMISTEN!«

Oben im Käfig wandte sich Julius an Cornelius. »Einen Stall ausmisten? Das ist aber keine schlimme Strafe!«

Cornelius kicherte leise. »Das ist ein besonderer Stall«, antwortete er. »Sein Nachschub an Mist ist sprichwörtlich unendlich!«

»Wie passend!«, lachte Julius.

In der Ferne zuckte wieder ein Blitz über den Himmel. Herakles war verschwunden.

Hades wandte sich wieder an Julius und seine Freunde.

»DER SCHARLATAN IST JETZT FORT«, sagte Hades, »UND ICH ALS SEIN ONKEL ENTSCHULDIGE MICH FÜR SEINE VERFEHLUNGEN.«

»Meinen Bruder zu verlieren, ist schon eine ziemliche ›Verfehlung‹«, seufzte Julius. Hades schwenkte feierlich seinen Stab und die Tiere waren augenblicklich zurück auf dem Boden und in Freiheit.

»TATSÄCHLICH, HAT ER DAS?«, antwortete Hades. Er dachte einen Augenblick nach. »ICH MUSS SCHON SAGEN, IHR HABT TROTZ ARGLIST UND UNGEMACH GROSSE TAPFERKEIT GEZEIGT«, sagte Hades.

»UNSTERBLICHKEIT KANN ICH EUCH NICHT BIETEN, ABER ANDEREN LOHN: DENKT AN ETWAS, DAS EUER HERZ BEGEHRT, UND ES IST EUER. SO WILL ICH EUCH FÜR DIE BETRÜGEREIEN MEINES NEFFEN ENTSCHÄDIGEN.«

Er hob seinen Stab und ließ ihn wieder mit einem Blitz zur Erde sausen.

Im nächsten Augenblick befanden sich Julius und seine Freunde wieder zu Hause am See.

Mein eigener Streitwagen!
Super!
Ich kann Kung Fu!

Die größte Steinsammlung der Welt!
Eine Wonne!
Wow! Eine eigene Bibliothek!

Lucia lief zu Julius, der offenbar kein Geschenk bekommen hatte. »Julius!«, fragte sie. »Was ist mit dir? Was hast du dir gewünscht?«

Julius zeigte auf den nahen Hügel.

»Da!«, sagte er. »Das ist mein Geschenk.«

»Ich weiß nicht, ob ich es ein ›Geschenk‹ nennen würde, diesen Idioten wieder zum Leben zu erwecken«, knurrte Milus.

Julius hörte nicht auf ihn und riss seinen Bruder in die Arme. »Vielleicht bist du ein Idiot«, sagte er, »aber du bist MEIN Idiot!«

»Ich bin froh, dass wir alle wieder zusammen sind«, seufzte Julius und setzte sich am See ins Gras. »Aber nach all der Aufregung wäre es schon schön, einen Beweis für unsere Abenteuer zu haben.«

»Ja«, sagte Cornelius. »Nicht einmal diesen blöden goldenen Apfel konnten wir behalten.

»Nun«, unterbrach ihn Felix. »Das stimmt nicht ganz.«

Julius kippte vor Überraschung fast in den See. »Wie hast du das bloß GESCHAFFT!?«

»Ich habe ihn gegen meine goldene Banane getauscht«, erwiderte Felix. »Er war da sehr zuvorkommend.«

Cornelius musste schallend lachen. »Du hast Charon, dem Fährmann am Tor zur Hölle, eine goldene Banane aufgeschwatzt?«, rief er. »Ist ja unglaublich! Dafür hast du wirklich meinen Respekt, Felix.«

»Vielleicht eröffnen wir jetzt alle ein Badehaus!«, lachte Julius.

Nachwort

Hadrian saß an seinem Schreibtisch und bewunderte das weiche, gemusterte Seidentuch, das man ihm bei seinem jüngsten Besuch an der Ostgrenze des Reichs zum Geschenk gemacht hatte.

Ein Mann von der Wache kam unversehens herein und grüßte den Kaiser.

»Ave Cäsar!«, bellte der Soldat.

»Ja, ja«, seufzte Hadrian verdrießlich. »Was ist denn? Siehst du nicht, dass ich beschäftigt bin?«

»Nein, ich glaube, es ist eine Art mythischer Drache«, antwortete Hadrian. »Seine wahre Bedeutung ist allerdings noch unklar…« Er rollte den Seidenschal rasch zusammen und stopfte ihn in eine Schublade. »Aber DICH geht das überhaupt nichts an, Soldat!«, meinte er aufbrausend, als ihm die Neugierde des Wachmanns auffiel. »Nun melde, was du zu sagen hast, wenn du nicht im Kolosseum mit den Löwen kämpfen willst!«

Der Soldat stand stramm und hustete nervös. »Ähem… ein König aus Phrygien ersucht deinen Rat, oh Cäsar.«

Hadrian sprang ungeduldig auf. »Ein König von Phrygien?«, sagte er spöttisch. »Ich kann meine Zeit nicht mit irgendwelchen phrygischen Königen vertrödeln!«

Hadrian wich einen Schritt zurück. »König Midas... was verschafft uns die Ehre?« Er streckte dem König zum Gruß die Hand hin, riss sie aber sofort wieder zurück.

»ICH HABE MEINE HANDSCHUHE AN!«, brüllte Midas.

»Ja, natürlich«, antwortete Hadrian betreten und die Männer schüttelten sich die Hände.

»Aber vielleicht sind derlei Höflichkeiten gar nicht angebracht«, schäumte Midas, »wo Rom es offenbar für nötig erachtet, seinen größten Champion auszusenden, um mich zu BESTEHLEN, ja zu STÜRZEN, wenn meine Soldaten nicht rechtzeitig eingeschritten wären.«

»Größter Champion...?«, wiederholte Hadrian. »Ich verstehe nicht...«

»Das ZEBRA!«, brüllte König Midas. »Wenn du Krieg an

deiner Ostgrenze wünschst, dann wirst du KRIEG bekommen!«

Hadrian sank in seinen Stuhl und rieb sich das Kinn. »Das Zebra. Natürlich«, seufzte er entgeistert. »Nein, ich will keinen Krieg, Midas. Aber ich will diese verdammte Kreatur ein für alle Mal loswerden.«

Er zog das exotische Seidentuch aus der Schublade und rieb es zwischen den Händen. »Und ich glaube, ich habe dafür auch schon den passenden Plan …«

Römische Zahlen

1	I	7	VII	13	XIII	50	L	200	CC
2	II	8	VIII	14	XIV	60	LX	300	CCC
3	III	9	IX	15	XV	70	LXX		
4	IV	10	X	20	XX	80	LXXX		
5	V	11	XI	30	XXX	90	XC		
6	VI	12	XII	40	XL	100	C		

CERBERUS

Der dreiköpfige Hund bewachte das Tor zur Unterwelt, damit die Toten nicht fliehen und die Lebenden nicht eintreten konnten. Cerberus, den Herakles im Rahmen einer seiner Aufgaben entführte, wird manchmal mit fünfzig Köpfen und einem Schlangenschwanz dargestellt. Bekanntermaßen zog er die lieblichen Töne der Leier dem unmusikalischen Gejaule eines Zebras vor.

CHARON

Der Fährmann, der die Seelen der Toten gegen Bezahlung über den Unterweltfluss Styx übersetzte. Sein Name wird eher wie »Karin« als »Sharon« ausgesprochen, aber wir wollen den Lieblingswitz des Autors nicht durch schnöde Tatsachen verderben. Plutos größter Mond ist nach ihm benannt.

GOLDENER APFEL

Eine Frucht der griechischen Legende. Es hieß, wer vom goldenen Apfel isst, müsse nie wieder Hunger, Durst oder Krankheit erleiden. Bei der von Göttern und Sterblichen gleichermaßen geschätzten Frucht handelte es sich möglicherweise gar nicht um einen Apfel, sondern um die im Nahen Osten heimische Quitte, die auf Heerzügen nach Griechenland gelangte.

HADES

Er und seine Brüder (Zeus und Poseidon) besiegten ihren Vater Chronos und das Göttergeschlecht der Titanen und gewannen so den Kosmos für sich. Sie teilten ihn folgendermaßen auf: Zeus erhielt den Himmel, Poseidon das Meer und Hades zu seinem großen Verdruss die Unterwelt. Verwirrenderweise nannte man die Unterwelt ebenfalls Hades. Bei den Römern hieß Hades Pluto; dass sie Zeus in Micky Maus umbenannten, setzte sich hingegen nicht durch.

HERAKLES

Ein Halbgott. Der Sohn des Zeus und der sterblichen Alkmene war außerordentlich stark, klug und mutig. Berühmt ist er für die zwölf Aufgaben, die er als Wiedergutmachung für ein schreckliches Verbrechen vollbringen musste: Er hatte, zeitweise von der eifersüchtigen Göttin Hera um den Verstand gebracht, seine Frau und Kinder getötet. Er erlebte viele Abenteuer und mochte lustige Spiele – so verprügelte er für sein Leben gern Löwen.

HOPLITEN

Diese Soldaten bildeten das Rückgrat der griechischen Armee. Sie trugen große, runde Schilde und lange Speere. In der Schlacht stellten sie sich nebeneinander in einer »Phalanx« auf, wobei sich die Schilde berührten und die Speere darüber nach vorn ragten. Schon der Anblick einer derart abweisenden Barriere lehrte Feinde das Fürchten.

HESPERIDEN

Diesen göttlichen Nymphen war der Baum mit den goldenen Äpfeln anvertraut. Hera erhielt ihn zu ihrer Hochzeit mit Zeus von Gaia, der Göttin der Erde, geschenkt. Die Nymphen mit ihren goldenen Äpfeln wurden als Ursprung des goldenen Schimmers beim Sonnenuntergang gepriesen.

KÖNIG MIDAS

Der König von Phrygien erwies dem Gott Dionysos einen Gefallen und bat dafür darum, dass sich alles, was er berührte, in Gold verwandeln möge. Das war großartig, bis er versuchte, etwas zu essen… oder seine Tochter zu umarmen! Er flehte, dass ihm die Gabe wieder genommen würde. Dionysos war einverstanden und Midas wurde angewiesen, die Hände im Fluss Paktolos zu waschen. Der Legende nach leuchtet der Sand dieses Flusses deshalb bis heute golden.

LABYRINTH

Ein komplizierter, verwirrender Irrgarten, gebaut vom legendären Architekten Dädalus für König Minos von Kreta als Gefängnis für den Minotaurus. Es war so verzwickt, dass selbst Dädalus kaum wieder herausfand. Und als er es schaffte, sperrte Minos ihn und seinen Sohn Ikarus sofort ein, um das Geheimnis des Labyrinths zu hüten. Der geniale Erfinder Dädalus entwarf daraufhin Flügel aus Federn und Wachs, mit denen ihm und Ikarus die Flucht gelang. Leider wurde Ikarus übermütig, flog zu nahe an die Sonne und das Wachs schmolz… den Rest könnt ihr euch denken. Irgendetwas soll man daraus lernen können!

LEIER

Ein bei den alten Griechen beliebtes Saiteninstrument. Der Gott Apollo galt als wahrer Meister darauf und unterrichtete Orpheus, der zum besten sterblichen Musiker wurde. Mithilfe der Leier und seines Gesangs gelangte Orpheus in die Unterwelt und konnte so seine Gemahlin Eurydike aus dem Hades retten.

MINOTAURUS

Ein Ungeheuer mit dem Kopf eines Stieres und dem Körper eines Mannes (oder dem Kopf eines Mannes und dem Körper eines Stiers, je nachdem, wen man fragt!). König Minos von Kreta hielt ihn im Labyrinth gefangen, wo ihm alle neun Jahre je sieben athenische Jungfrauen und Jünglinge geopfert wurden, und zwar, bis sich der Held Theseus hineinschlich und ihn tötete. Theseus fand mithilfe des Fadens wieder heraus, den ihm Minos' Tochter Ariadne gegeben hatte – eigentlich ziemlich einfach.

NYMPHEN
waren Naturgöttinnen im Rang unter den Göttern, wurden aber zu Versammlungen auf den Olymp gerufen. Nymphen waren für verschiedene Naturphänomene wie Quellen, Wolken, Bäume und Wiesen verantwortlich und kümmerten sich auch um Pflanzen und Tiere. Im Gegensatz zu anderen Göttinnen werden Nymphen meist als schöne Jungfrauen dargestellt, die gerne tanzen und singen.

ODYSSEE
Eine der ältesten und großartigsten Geschichten der westlichen Kultur, geschrieben vom Dichter Homer. Sie handelt von Odysseus, dem König von Ithaka, und seiner zehnjährigen Heimreise aus dem Trojanischen Krieg. Er kämpfte gegen den Zyklopen, sechsköpfige Ungeheuer und sogar gegen Geister. Bei den griechischen Abenteuergeschichten einzig übertroffen von *Julius Zebra: Gerangel mit den Griechen!*

OLYMP
Ein hoher Berg und Heimat der zwölf olympischen Götter – Zeus, Hera, Poseidon, Demeter, Athene, Hephaistos, Ares, Aphrodite, Apollo, Artemis, Hermes und Dionysos. Hier über den Wolken und verborgen vor den Blicken einfacher Sterblicher lebten die Götter, aßen und tranken und stritten sich genau wie normale Familien, nur dass das Schicksal der Welt in ihren Händen lag. Nur ein Gott war im Olymp nicht willkommen – Hades, der Gott der Unterwelt, aber der wäre auch nicht gekommen, wenn sie ihn eingeladen hätten. Was sollte er auch auf einem blöden Berggipfel, wo er doch zu Hause einen großartigen Blick auf giftige Seen und trostlose Ebenen hatte, auf denen die Toten wandelten?

OLYMPISCHE SPIELE
gehörten zu den religiösen Feiern zu Ehren von Zeus und wurden in Olympia abgehalten. Bei den ersten Spielen im Jahr 776 v. Chr. gab es nur ein einziges Rennen über 193 Meter, das der Koch Koroibos gewann. Erst 12 Jahre später entschied man, etwas Neues zu probieren! Diese Spiele der Antike waren das Vorbild für die ab 1896 abgehaltenen Olympischen Spiele der Neuzeit.

STYX
Dieser Fluss trennte die Welt der Lebenden von der Welt der Toten. Die alten Griechen glaubten, sein Wasser sei tödlich giftig und würde jedes Gefäß auflösen, das es enthielt – ausgenommen Behälter, die aus dem Huf von Pferden oder Eseln (oder vielleicht auch Zebras?) gefertigt waren.

TALOS
Ein Riese aus Bronze, der Kreta bewachte. Er patrouillierte dreimal täglich um die ganze Insel und schleuderte Steine auf die Schiffe unerwünschter Besucher. Seine einzige Schwäche war

sein Fußgelenk, wo nur ein Bronzenagel sein Blut am Ausfließen hinderte. Und natürlich das Rosten im Regen.

TROJANISCHES PFERD

Ein hochverdächtiges, riesiges Pferd aus Holz. Nach zehnjähriger Belagerung der Stadt Troja zog sich die griechische Armee zum Schein zurück und ließ nur das hölzerne Pferd zurück. Da niemand ein Geschenk ausschlagen kann, zogen die Trojaner das Pferd in ihre Stadt. Nachts sprangen die Griechen, die sich die ganze Zeit im Bauch des Pferdes versteckt hatten, heraus und öffneten die Stadttore, sodass die heimlich zurückgekehrte griechische Armee Troja in Schutt und Asche legen konnte.

ZEUS

Der König der olympischen Götter. Er saß am Gipfel des Olymps und spendete von dort Weisheit und Bestrafung. Er war stärker als alle anderen Götter zusammen, konnte Blitze schleudern und das Wetter beherrschen.

CORNELIUS ERKLÄRT DEN KOSMOS

Auffällig ist auch der orange leuchtende MARS.
Der feurig rote Planet ist nach dem Kriegsgott benannt.
Bei den Griechen hieß er Ares.
Wehe, du nennst mich noch mal Ares!
Jähzornig!
Unser größter Planet ist JUPITER, der römische Name für ZEUS, 1300 Mal so groß wie die Erde, mit 67 Monden!
Zu viele, wenn du mich fragst!
SATURN mit seinen Ringen ist nach Zeus' Vater Kronos benannt und hat auch viele Monde.
Der größte davon, Titan, ist größer als der MERKUR!
Ha Ha!
Die am weitesten entfernten Planeten URANUS und NEPTUN waren den Griechen und Römern unbekannt.
Der Tradition folgend wurde URANUS nach KRONOS' Vater und NEPTUN nach dem Meeresgott benannt.
Bis vor Kurzem war PLUTO (Hades) mit seinem Mond Charon unser 9. Planet. Er gilt jetzt nur noch als Zwergplanet.
Armer ‚Sharon'!
Egal, ‚DEBRA'.

VERKLEIDE JULIUS ALS GRIECHISCHEN HOPLITEN!

1. Die Bilder von Julius und die Ausrüstungsteile der Hopliten kopieren oder durchpausen.
2. Dann die Bilder auf dünnen Karton kleben.
3. Alle Bilder wie gezeigt ausschneiden und anmalen.
4. Jetzt kannst du die Teile mit den weißen Laschen an Julius befestigen und ihn so in einen griechischen Soldaten verwandeln.

So Julius' Standfuß zusammensetzen!

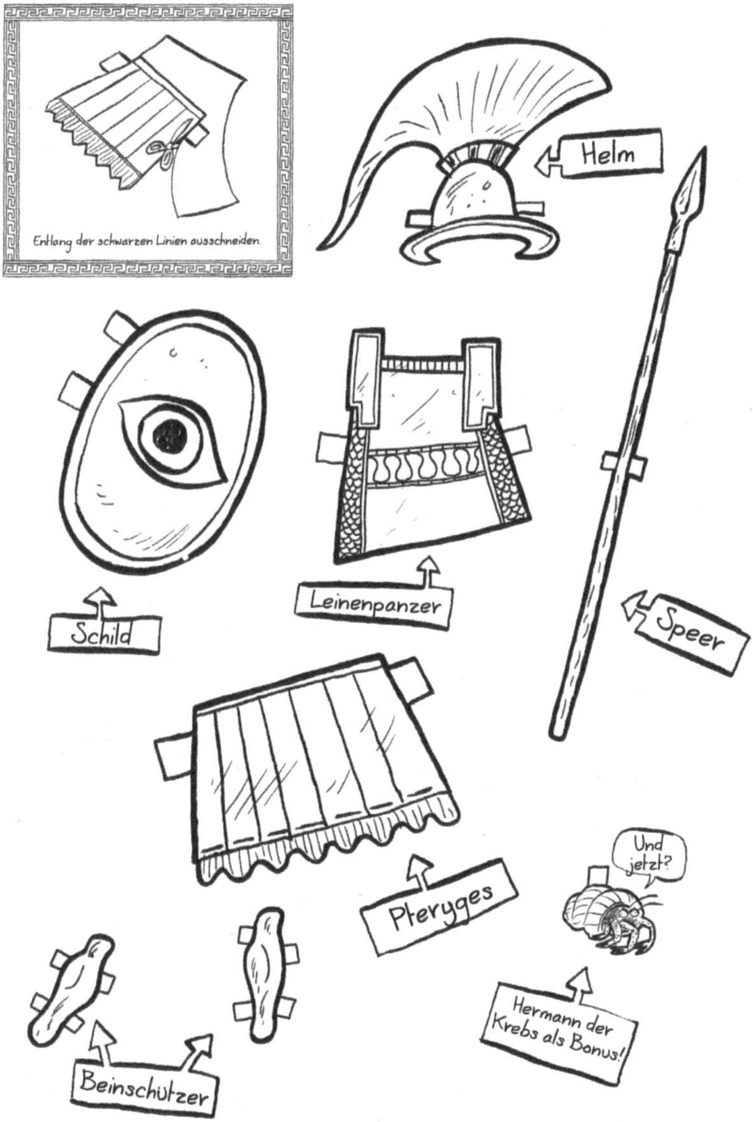
Entlang der schwarzen Linien ausschneiden.
Helm
Speer
Schild
Leinenpanzer
Pteryges
Und jetzt?
Hermann der Krebs als Bonus!
Beinschützer

MACH DICH AUF EINER GRIECHISCHEN VASE UNSTERBLICH!

1. Nimm eine dramatische Pose ein.

2. Lass dich von einem Freund auf einen Krug malen.

MALEN IM STIL DER GRIECHISCHEN ANTIKE